ものはひとつだけ

真崎ひかる

幻冬舎ルチル文庫

CONTENTS ✦目次✦

欲しいものはひとつだけ

✦イラスト・陵クミコ

✦カバーデザイン=久保宏夏(omochi design)
✦ブックデザイン=まるか工房

欲しいものはひとつだけ

《プロローグ》

好きな食べ物も、オモチャや本も。

独り占めをしてはいけないと、物心つく前から教えられていた。

喜びも富も、自分だけが抱え込むものではない。幸を自ら分け与えていれば、憎まれることも奪われることもない。

だから、欲しいと求められればなんでも差し出すようにしてきた。

幸い、金銭的に恵まれた環境で育ったこともあり、手放すのを惜しいと感じたこともなかった。

母親と父親がいないのは、少しだけ淋《さび》しいと感じることもあるけれど、いつも祖父が傍《そば》にいてくれる。

だから、これ以上を望んではいけないのだ。

「葵生《あおい》、私はこれから大人《おとな》の話をしてくるから、しばらくおまえを構えない。こちらの施設には似た年頃の子供がたくさんいる。遊んでもらいなさい」

馴染《なじ》みの運転手がハンドルを握る大きな車は、広大な田畑に挟まれた小道を、ゆっくりと走っている。

隣に座っている祖父に話しかけられた葵生は、車窓を流れる景色から車内に顔を戻してうなずいた。

「……はい」

祖父が大人の話をしているあいだは、邪魔をしてはいけない。それは、七歳になったばかりの葵生が、もっとずっと小さい頃からの決まりごとだ。

小道を曲がり、更にスピードを落とした車が向かうのは、緑色の田畑の中に突如現れた白い大きな建物だ。

開放されている門を入ると、広い運動場が見える。

葵生が知っている運動場は、色鮮やかな硬いゴムのようなもので覆われた空間だ。テニスコートやサッカー場でもないのに、土が剝《む》き出しになっている運動場は物珍しくて、目をしばたたかせて窓の外を眺めた。

運動場の奥に建っている白い三階建ての建物は、少し前まで葵生が通っていた幼稚舎と似ている。

三階建ての建物とは離れて建つ、同じ色の少し小さな建物の前で車が停まると、出入り口の扉の脇で待ち構えていたらしい大人たちが駆け寄ってきた。

車体を回り込んできた運転手がドアを開け、葵生、祖父の順に車を降りる。

五人いる男女の中で一番年上の男の人が、祖父に向かって頭を下げた。

「お待ちしていました、西園寺《さいおんじ》さん。遠路はるばるお越しいただきまして、ありがとうございます」

「いや、今回はこちらのお願いだから、出向くのは当然です。孫の葵生です。ここの子供たちと、遊ばせてやってください」

背中に手を押し当てられて挨拶《あいさつ》を促された葵生は、一歩歩み出て「西園寺葵生です」とお辞儀をする。

男の人は、「聡明そうなお子さんだ」と感嘆の声を上げ、葵生を見下ろしてきた。

「ぜひ、子供たちと一緒に遊んでやってください。葵生さん、園のほうにご案内します」

「あ、おじい様……用意したものはどうしますか？」

「ああ、そうだ。葵生と遊んでもらう礼として、子供たちにプレゼントを用意してあります。車のトランクに積んでいますので、運転手に運ばせましょう」

「それはそれは、お気遣いをありがとうございます」

祖父と男の人が大人の挨拶を交わしている脇で、無口な運転手が車のトランクから大きなダンボール箱を二つ取り出す。

一つは絵本やオモチャが入っていて、もう一つにはお菓子がぎっしりと詰まっていることを、選ぶのを手伝った葵生は知っている。

「では葵生さん、こちらに。案内するわ」

「……はい」

にこやかに笑いかけてきたお姉さんに手を差し伸べられて、戸惑いがちに自分の手を重ねた。

葵生は、祖父の顔色を窺《うかが》ってばかりの大人たちに、少しだけ遠巻きにされている。一番身近な大人である祖父はベタベタ甘やかすタイプではないので、あまり大人と触れ合うことがない。

こんなふうに手を繋《つな》ごうとする人は、幼稚舎の先生くらいで……滅多にないことなので、なんだか照れくさい。

運動場の隅を通って三階建ての建物に向かっていた葵生は、一階のバルコニーからこちらを見ている大勢の子供たちに気づいて立ち止まった。

顔を上げると、数人の男の子が大きな声で話しているのが聞こえてくる。

「うわ、こっち見たぞ！」

「やべっ、隠れろっ」

楽しそうに言いながら、数人がわざとらしくしゃがみ込んだ。バルコニーの隙間《すきま》から丸見えなのだが……あれで、隠れているつもりなのだろうか。

戸惑っていると、葵生と手を繋いでいるお姉さんが苦笑して話しかけてくる。

「お行儀が悪くてごめんなさい。おとなしい葵生さんから見れば、乱暴だなって思う子もいるかもしれないけど、みんないい子だから……お友達になってあげてね」

「……はい」

お姉さんの言葉にコクンとうなずいた葵生は、バルコニーにしがみつくようにしてこちらを見下ろしている同世代の子供たちをもう一度目にして、少し苦手な愛想笑《あいそわら》いを浮かべた。


「ちょっとの時間だけど、仲よく遊んでください。こちらは、葵生さんからみんなへのプレゼントです」

床に座った子供たちは、葵生とあまり変わらない年頃の子ばかりだ。もう少し年上のお兄さんやお姉さんは、まだ学校から帰っていないらしい。

十人ほどの子供たちにジッと見つめられ、「西園寺葵生です。よろしくお願いします」と軽く頭を下げた。

「いーい？　お菓子と、オモチャか本のどっちかを一つずつですよ。葵生さんに、きちんとありがとうって言うのよ！」

葵生の紹介が終わると、運転手が置いて行ったダンボール箱の紹介だ。どうでもよさそうに葵生を見ていた子供たちは、途端に目を輝かせて立ち上がった。

「はーい。おれ、チョコ！」

「クッキー、なおちゃんがとったー！」

「おまえ、センセーは一つだって言っただろ。飴《あめ》とチョコ、二つ握っただろ！」

ドッとダンボール箱を囲み、賑《にぎ》やかに言い合いながら手を仲ばして好きな物を選んでいる子供たちに、目を白黒させる。

贈り物に、なにを選べば喜んでもらえるのかよくわからなかったけど、正解だったみたいでよかった。

「センセー、コウくんがぁ」

「ケンカしないの！　クッキーもチョコも一箱にいっぱい入っているんだから、一個ずつ交換したらいいでしょ？」

お姉さんが賑やかな子供たちの輪に仲裁に入り、葵生が一人ポツンと立っていると、視線を感じることに気がついた。

「……ん？」

そちらに顔を向けると、きっといくつか年下の男の子が葵生を見ていた。手にはなにも持っていなくて、箱を囲む子たちから少し離れたところに佇《たたず》んでいる。

不思議に思った葵生は、ゆっくりとその男の子に歩み寄った。

「お菓子……オモチャも、見ないでいいの？」

「……いい」

笑いかけた葵生にニコリともせず短く答えて、顔を背ける。

こういう時は、どうすればいいか……祖父から教えられていた。

一人でいることを好み、放っておいてほしい子もいるから、しつこく話しかけてはいけないと言われているけれど……顔を背けた男の子がチラリと葵生を横目で見たことがわかったから、言葉を続けた。

「僕が持ってきてあげようか」

本当は欲しいけど、年上の子たちの勢いに負けて近寄れなかったのかもしれない。

そう思い、「待ってて」と言い置いて箱に向かう。

ついさっきまで箱の周りにいた子供たちは、思い思いに選んだお菓子を食べたりオモチャで遊んだりしているので、葵生の行動を気にする子はいないようだ。

多くの子供が選んだ後なので、残っているお菓子やオモチャは少ししかなかったけれど、その中からいくつか手にして男の子のところに戻った。

「どれがいい？　チョコレート？」

「いらない」

「チョコは好きじゃない？　じゃあ、キャンデー？　キャラメルは？」

「……いらない」

葵生が差し出したものを、ことごとく「いらない」の一言で拒否されて、途方に暮れた気分になる。

「あ、本は好き？　水鉄砲とか……」

お菓子がいらないのなら、オモチャはどうだろう……と、左手に持っているものを順番に見せる。

男の子は、それらもチラリと見ただけで首を横に振った。

「征《せい》ちゃん！」

「あ……」

大きな声に振り向くと、葵生と同じか少し年上の女の子が、小走りで近寄ってくる。左右の耳の上で結んだ髪が揺れて、葵生の前を通り過ぎた。

征ちゃん、と呼びかけた男の子前で立ち止まり、話しかける。

「征太郎《せいたろう》がグズグズしているから、選べなくなったんじゃない？」

どうやら男の子は、征太郎という名前のようだ。髪を撫《な》でる女の子の手から逃げて、うつむいている。

「どれが欲しいか、聞いたんだけど。これ、好きじゃないのかな」

葵生は、右手に持っていたチョコレートやキャラメルの箱を女の子に見せる。すると女の子は、征太郎の手を摑《つか》んで葵生の手元に誘導した。

「……ほら、もらいなさいよ。チョコ、好きでしょ?」

「いい。いらない」

首を左右に振ってパッと手を引っ込めた征太郎に、女の子は唇《くちびる》を尖《とが》らせて「なによぉ」と零《こぼ》す。

「他のチョコがいいなら、替えっこしてもらおうか? 圭太《けいた》がライオンビスケットのチョコ、持ってたよ」

「……………」

無言で、またしても首を横に振る征太郎に、女の子は「もうっ。知らないからね」と頰《ほお》を膨らませて踵《きびす》を返した。

再び二人きりになってしまい、葵生はそっと征太郎に話しかける。

「えっと、征太郎くん? なにが欲しいか、僕にコッソリ教えてくれないかな。みんなに内緒で、二つでもいいよ?」

「ない。……言わない」

それでも征太郎は、首を横に振るばかりで……もう、なにも言えなくなってしまった。

欲しいと、もっとくれと言われることは多くて、葵生の手元にあるものならなんでもあげてきた。

そして、嬉《うれ》しそうに笑ってくれる顔を見るのが好きだった。

でも……こうして「いらない」と言われるのは初めてで、途方に暮れた気分で征太郎の黒い髪を見詰めるだけになる。

「葵生。そろそろ帰るぞ」

「あ、はい」

予定より早く大人の話し合いが終わったのか、祖父に名前を呼ばれて背後を振り向く。

葵生と征太郎を交互に見遣《みや》った祖父は、「おや」と眉《まゆ》を跳ね上げた。

「その子と仲良くなったのか。どれ、記念に写真を一枚撮ってやろう」

祖父が合図をすると、背後に控えていた運転手がスーツの懐《ふところ》に手を入れて小型のカメラを取り出す。

「では、撮りますよ。……笑ってください」

笑えと言われても、なにも面白くないのに笑うのは難しい。

チラリと並んだ征太郎を見下ろすと、彼も唇を引き結んで笑うことなくカメラを見詰めていた。

ほら、やっぱり……笑わなくていいんじゃないか。

同じように唇を結んだ葵生が正面に顔を向けると、自分たちの笑顔を諦めたらしい運転手は、仕方なさそうに苦笑して左手をひらひらと振った。

「じゃぁ、ハイ！」

パッと眩《まぶ》しい光が瞬いて、顔を伏せる。フラッシュでカメラの存在に気づいたのか、他の子供たちが「おれも撮って！」「わたしも！」と運転手を取り囲んだ。

撮影会のような状態になった部屋の隅で、葵生は征太郎を見下ろして話しかける。

「なにか欲しいものができたら、教えてね」

「…………」

やはり征太郎からの返事はなく、続く言葉を探していると、祖父の手が肩に置かれる。

「もういいか。帰るぞ」

「うん。……征太郎くん、バイバイ」

目を合わせて手を振った葵生を、征太郎は無表情で見上げて……ほんの少し右手を上げて、指先を振ってくれた。

それが嬉しくて、「またね」と、作り物ではない笑顔を向ける。

車に乗り込み、来た道を戻りながら祖父が話しかけてきた。

「おまえといた子は、征太郎というのか。幼いながら、賢そうな……意志の強そうな目をしていたな」

大人はもちろん、子供でも。祖父が誰かを褒《ほ》めることは、滅多にない。

葵生もあまり褒められないけれど、あの『征太郎』を賢いと言われるのは、なんだか嬉しかった。

「……うん。でも、欲しいものはないって言われた。なにもいらないって」

もどかしさをどう説明すればいいのかわからなくて、膝《ひざ》の上に置いた手をギュッと握り締める。

うつむいて、

「欲しいものを教えてもらえなかったのは、初めてだ」

ポツリとそう続けた葵生の頭に、そっと祖父の手が乗せられるのを感じた。

「人それぞれ、価値を見出《みいだ》すものは違う。今はまだ、本当に欲しいものがないのだろう。子供向けのオモチャやお菓子にむやみに手を伸ばさないあたり、歳《とし》のわりに落ち着いているな。あの施設にいることからも、事情がありそうだが……」

ふっと嘆息して、葵生の頭から手を離す。

祖父が濁した言葉の意味を、子供だった葵生が知ったのは、ずいぶんと後になってからだった。

様々な事情で親権者のいない、もしくは親権者が育てられない子供を集めた施設だったのだと……もし知っていたとしても、あの時の葵生の征太郎に対する態度が変わったかどうかは、わからないけれど。

葵生の胸に強烈に残ったのは、『征太郎に欲しいと言わせたい！』という思いだった。

ただ……そうだ。最後の最後に、征太郎はきっと本音をつぶやいた。

『言わない』

彼は確かに、そう口にした。本当は、征太郎にも欲しいものがあるはずなのだ。

でも、葵生は教えてもらえなかった。

あの子が欲しいのは、どんなもの？

それを、知りたかった……知りたいなぁと唇を噛《か》んで、車窓を流れる田畑や橙色《だいだいいろ》の夕日に照らされる山を眺めた。

《征太郎・一》

道路に沿って、高い塀がずっと続いている。百八十三センチの自分が背伸びしても向こう側が見えないので、あちら側になにがあるのかわからない。

でも、このあたり……そろそろ目的地に着いているはずだ。

現在地と目的地の位置関係を確認するため、征太郎は歩みを止めて、住所と簡易な地図が記されている手元のメモから顔を上げる。

目の前に聳《そび》え立つのは、三メートル……いや、もっと高さのある黒い金属製の門と、格子《こうし》状《じょう》の鉄柵《てっさく》のあいだから見える広大な前庭だった。

小道の向こうには……。

「城か？」

思わずそんなつぶやきを零してしまうほど、立派としか表現する術《すべ》のない瀟洒《しょうしゃ》な建物があった。

建築様式がどうとか、柱に施されたナントカ調の彫刻が……とか、征太郎には価値を見極める知識はない。

結果、語彙力《ごいりょく》が貧相だと自分でもわかっていながら、『城』のようだとしか言いようがなかった。

「西園寺……だよな」

門の脇には、真鍮製《しんちゅうせい》であろう表札とインターホンがあり、警備会社のステッカーが目立つ位置に貼りつけられている。

通用門のようなものなのか、重厚な門のインパクトに意識を奪われてこれまで目に入っていなかった小さな扉が、ひっそりとあった。出入りのたびにこの大きな門を開け閉めするのは大変そうだから、必要な扉だろう。

「外国映画に出てくる家みたいだなぁ」

これほど大きく立派な城……いや、住居だとは思わなかった。何事に対しても物怖《ものお》じしない性格だと自他ともに認める征太郎でも、前触れなくインターホンを鳴らしていいものか迷いが生じる。

「いや、そもそも訪問の前触れのために、インターホンがあるんだよな。それ以外に、訪ねて来たことを知らせる方法はないんだし」

そう思い直し、インターホンのボタンに指を伸ばしかけて……ビクッと腕を震わせた。

門のあちら側、庭の奥から、黒い大きな狼……いや、犬？　が駆け寄ってくるのが目に入ったのだ。

……訪問者を察知する方法は、インターホン以外にも存在した。しかも、通報から到着までタイムラグがあるだろう、警備会社のシステムより優秀だ。

ワンと一言も吠《ほ》えることなく駆け寄ってきた犬は、門を挟んで三十センチほどの距離でハッハッと舌を覗《のぞ》かせて荒い息をつきながら征太郎を見上げている。

「あ、怪しくない……ぞ？」

艶《つや》やかな毛並みの大型犬は、ジャーマンシェパードだ。

警察犬としてよく目にするこの犬種は、個体差はあれ優秀な頭脳を持っている上に主人に対する忠誠心が強く勇敢な犬が多いと聞くから、番犬としては最適だと思う。

「尻尾《しっぽ》、振ってるな」

征太郎をジッと見ていた犬は、黒い立派な尻尾をリズムよく左右に振り始める。身を屈《かが》めて唸《うな》ったりすることもなく、友好的な態度だと言ってもいいだろう。

「知らない人間に尻尾を振ったら、ご主人様に怒られるんじゃないか？　俺は、威嚇《いかく》されるよりずっと嬉しいけど」

もともと征太郎は、動物全般が好きなのだ。警戒心を剝き出しにして威嚇されるよりも、こうして仲よくしたいと主張されたほうが嬉しい。

ただ、この犬が番犬としてこのお屋敷に飼われているのなら……職務放棄だと怒られるのでは。

そんな心配をしながら、門扉の隙間から手を伸ばそうとしたところで、背後から落ち着いたトーンの声が聞こえてきた。

「誰？　うちに、なにか用？」

「あ……っ、いえ、すみません。怪しい者では」

うち、というからにはこの家の関係者に違いない。征太郎は、犬に向かって屈めようとしていた背を慌てて伸ばして、背後を振り向いた。

「あ……」

無表情で自分を見ている人と目が合った瞬間、小さく零して硬直する。

不躾《ぶしつけ》で失礼な態度だとしか考えられないほど、マジマジと見詰めてしまった。その人から、目を逸《そ》らせなくなったのだ。

きっと、十八歳の征太郎とそれほど変わらない年齢だ。身長は、自分より十センチくらい低いだろうか。

でも、身体《からだ》つきは服の上からでもしなやかでほっそりとしているのが見て取れて、征太郎の目にはもっと小さく儚《はかな》げに映る。

艶やかな深いブラウンの髪は、風にサラサラ靡《なび》いている。きっと、絹糸のような極上の手触りだ。

アーモンド型の瞳を長い睫毛《まつげ》が囲み、まばたきをするたびに小さく震える。まるで、優美

な蝶《ちょう》の羽ばたきだ。

山間部に位置する施設で育ち、中学と高校は全寮制の閉鎖的な環境で……大学進学のために都会に出てきて、煌《きら》びやかな男女の姿に驚いたものだ。

そんな人たちとは違い、目の前の人は白いシャツにダークグレーのパンツ……と、まったく飾り立てていないのに目を惹《ひ》きつけられる。

征太郎が初めて目にする、とてつもなく綺麗《きれい》な人だった。

他にも美形を表現する言葉があったはずだけれど、思考力の鈍った今の征太郎の頭には『綺麗』としか思い浮かばない。

呆然《ぼうぜん》と見惚《みと》れていたら、征太郎を見上げているその人が少しだけ首を傾《かし》げて、桃色の唇を開く。

「続きは？　怪しい者ではないなら、なんだ？」

「あっ、あ……すみません。俺、高階《たかしな》征太郎といいます。西園寺さんのお宅ですよね。西園寺、胤次《たねつぐ》さんにお逢《あ》いしたいのですがっ」

しどろもどろに答えた瞬間、その人が声もなく目を瞠《みは》った。

いや、印象的な大きな目だから征太郎にはそう見えただけで、ただ単にまばたきをしただけかもしれない。

なにか言いたげな瞳でこちらを見上げてきたその人の様子に、西園寺氏に面会したい理由を言っていなかったことを思い出し、言葉を続ける。

「俺、大学進学のために田舎《いなか》から上京してきたんですけど、西園寺さんに奨学金の援助をいただいたことを知って……」

この春、征太郎が卒業した全寮制の中高一貫校は、全国屈指と言われる進学校だった。ただ、征太郎は地元枠があるし、寮費や学費が免除だという理由であの学校を選んだだけで、大学に進学する予定はもともとなかったのだ。

高校三年に上がった時、後見人でもある児童福祉施設の所長が学校を訪ねてきて、進路指導の教師を交えた面談が行われた。

征太郎の成績で大学進学をしないのは、あまりにももったいないから進学するかどうかは改めて考えるとして、ひとまず受験してみろ……と言われ、受験先を一校のみに絞って入学試験を受けることにした。

受からなかったら、地元の役場か自分の育った施設で働こうと軽い気持ちで受験をしたのだが、合格してしまい……国立大学とはいえ、四年間の通学に必要な費用を試算したところで、「やっぱり無理だ」と諦めた。

国から奨学金を貸与されたとしても、住居費を含む生活全般にもお金はかかる。がむしゃらにアルバイトをすれば不可能ではないとは思うが、それで勉学を疎《おろそ》かにしてしまっては本末転倒というものだ。

やはり就職を選ぶと決意し、応援してくれていた施設の所長にその旨《むね》を話そうとしたのだが、彼は満面の笑みで征太郎を迎えた。

曰《いわ》く、

「入学に必要な費用と、学費は振り込みました。知人に征太郎のことをチラリと話したところ、それほど優秀な若者の可能性の芽を摘《つ》むのはもったいないから、ぜひ援助させてくれとの申し出をいただきまして。本当にありがたいことです」

と、我がことのように嬉しそうに語ったのだ。

なんとか聞き出した後援者が、『西園寺胤次』という人物だった。征太郎が可能な範囲で調べたら、古くから海運事業や大型の宿泊型リゾート施設の経営など、多岐に亘《わた》って事業を展開している西園寺グループの最高責任者らしい。

どうやら、過去に所長の所有する土地を利用したリゾート開発計画が持ち上がった際、西園寺氏と縁ができたらしい。

その計画は色々な事情で白紙撤回されたそうだが、未《いま》だに連絡を取っていることからして険悪な物別れではなかったのだろう。

「俺っ、どうしても西園寺さんに直接お礼を言いたくて……押しかけてきたんですが」

「待て。路上でする話ではないな。とりあえず、中に。応接室に案内する」

言い連ねようとした征太郎の言葉を、静かに遮られる。

中に、と視線をお屋敷に送ったことからして、不審人物か？　という疑いはどうやら晴れたらしい。

肩にかけていたバッグからカードケースを取り出したこの人の名前を、征太郎はまだ聞いていない。

「あ……あの、あなたは？」

そうして征太郎が尋ねたことで、自己紹介をしていないことに思い至ったらしい。

カードケースを持った手を下ろして、チラリと征太郎を見上げる。

「僕は、君が訪ねてきた西園寺胤次の孫だ。葵生」

「葵生……さん」

この人は、名前まで美しいのか。

そう感嘆した直後、今……僕と言ったか？　という衝撃が頭の中に走り抜ける。

私という自称は男女関係なく使うものだろうけど、『僕』とか『俺』は、一般的には男性が自分を指す際に使用する言葉だ。

つまり、この美人は……男、か？

改めて見下ろすと、確かに女性というには肩幅があって、骨格がしっかりしているように見える。

でも……自分と同じ性を持っているとは思えず、別の生き物みたいだ。

征太郎がそんなことを考えているとは知る由《よし》もない葵生は、インターホンの脇にある黒い機械にカードを翳《かざ》して小さな扉のロックを解除すると、征太郎を振り返ることなく重そうな金属製の扉を押し開いた。

「どうぞ」

短く促されたことで、呆然としていた征太郎はハッと現実に立ち戻った。

軽く頭を振り、凝視《ぎょうし》していた葵生の身体から目を逸らす。

「は、はい。お邪魔します」

腹筋に力を入れて背筋を伸ばした征太郎は、葵生に続いて扉をくぐり……突然体当たりしてきた黒い塊に、「ぐっ」と呻《うめ》く。勢いに負けて尻《しり》もちをついてしまい、更に伸し掛かられて地面に引っくり返る。

「リッター！」

葵生の声が耳に飛び込んできた直後、ぬるりと……鼻先を舐《な》められたっ？

自分を襲っているものの正体を摑めなくて、征太郎は、

「なに？　なんだ？」

と、目を白黒させた。

視界が暗くてハッキリ見えないが、ハッハッと荒い息が耳に入り……チクチクした硬い髭《ひげ》のようなものを、鼻や口元を中心に感じる。無意識に押し退《の》けようとして伸ばした手には、

毛深い感触が……。

　これは……あれだ。巨大な獣に、顔を舐め回されているとしか思えない。ジタバタともがいていると、頭上から葵生の淡々とした声が落ちてきた。

「犬は嫌いか？」

「いえっ、嫌いじゃな……好きですけど」

……そうだった。庭では、犬が待ち構えていたのだ。

　油断していた自分も迂闊《うかつ》だったが、まさか突然飛びつかれるとは思わなかった。それも、敵とみなされて襲いかかってきた感じではない。だから葵生も、のん気に尋ねてきたのだろう。

「うわ、もう勘弁っ。ベタベタ……ッ」

　もともと征太郎は、犬好きだ。田舎にいた頃も、狩猟が解禁になるシーズンになるのを待って猟犬を連れたハンターとよく遭遇したが、その猟犬たちも何故《なぜ》か征太郎には友好的に接してくれていた。

　周りの大人や友人たちには、「群れの仲間だと思われているんじゃないか」と、笑われたものだ。

　征太郎が、犬にじゃれつかれても嫌がっている雰囲気ではないことが、わかるのだろう。

「へぇ……珍しいな。リッターが、初対面の人間にそんな……」

葵生は犬を引き離すことなく、不思議そうに口にする。

なんとか自力で犬の熱烈なキスから逃れて、葵生を見上げた。

大きな犬の下敷きになっている征太郎を見下ろしている葵生が、ふふっ……と綺麗に笑ったから、涎《よだれ》まみれにされたのも悪いことではないか。


先に立って歩く葵生に案内された応接室も、『立派な部屋』としか言いようのない空間だった。

毛足の長い絨毯《じゅうたん》は、濃紺。窓にかかるカーテンは、純白のレース素材のものと厚手のほうは空色だ。

ダークブラウンの木製の応接セットが置かれていて、ゆったりとした大きなソファタイプのイスに腰《こし》かけた征太郎の足元に……先ほどのジャーマンシェパードが身を伏せる。

「これを使って顔を拭《ふ》けばいい」

「……ありがとうございます」

葵生が差し出してきたのは、綺麗なレースのカバーがかけられたティッシュボックスだ。

犬に舐め回された顔は既に乾いていて、水で洗うかウェットティッシュのようなものでなければ拭き取れないと思うけれど、葵生は大真面目《おおまじめ》な顔で征太郎を見ていた。

「二枚でも三枚でも、好きなだけ使えばいい」

どうするか迷ったけれど、このティッシュでは無理だと言えば、しょんぼりさせてしまいそうだ。

「では……一枚だけ」

よし、と行いを決めた征太郎は、一枚ティッシュを引き抜いて形だけ顔を拭《ぬぐ》う。

乾いたティッシュで顔面を撫でただけの、意味のない動作だったが、

「すっきりしました。ありがとうございます」

手の中でティッシュを丸めた征太郎が笑って見せると、葵生はホッとしたように唇を綻《ほころ》ばせた。

よかった。自分の行動は正解だったようだ。

「家政婦が不在だから、なにも用意できなくてすまない」

申し訳なさそうにそう言った葵生は、「リッター」と犬の名前を口にする。征太郎の足元で伏せていた犬がスッと立ち上がり、葵生の前でお座りをした。

その頭を軽く撫でる葵生を見ていた征太郎は、改めて、所作を含むすべてが綺麗な人だと感じて緊張が込み上げてくる。

さっきは男だということに驚いたが、こうして見ると女性的な雰囲気はなく……でも、や

はり自分と同じ性を持っている感じはしない。

「高階征太郎」

「は、はい」

見下ろしていた犬から顔を上げた葵生に、唐突に名前を呼ばれる。肩を揺らした征太郎は、居住まいを正して葵生と目を合わせた。

葵生は名前を呼んだきり、真《ま》っ直《す》ぐにこちらを見ている。その視線に、じわじわ首から上へ血が集まるのを感じた。こんなに綺麗な人に、ジッと見られたことなどないのだから、仕方ない……と自分に言い訳をする。

葵生の視線に、息苦しいような居たたまれなさが込み上げる。こんなに見られる自分は、どこか変なのではないかと不安になってきた。

「あの、すみません。俺、どこかおかしいですか？　田舎から出てきたばかりなもので……一応、身繕《みづくろ》いをしたつもりなんですが。前髪も、ちょっと伸びていたからハサミで切りましたし……百均のハサミじゃダメだったかな」

最後のつぶやきは、独り言のつもりだった。

けれど、葵生が「自分で？　ハサミ？」と目をパチクリさせたから、「はい」とうなずいて言葉を続けた。

「寮の友人と、互いに見苦しくない程度に切り合ったり、バリカンで剃《そ》り合ったりしていました。こっちに出てきてからは、そこまで親しい友人もまだいませんし、しばらく誰にも切ってもらえていないのでとりあえず自分で……」

西園寺氏に逢いに行こうと決めてからは、自分のことに無頓着だと言われている征太郎でも、失礼にならない程度には身嗜《みだしな》みを整えようと努めたのだ。

どの程度きちんとしなければならないのか迷い、手持ちの服の中で一番清潔感のある白いシャツと真新しいジーンズ、靴も玄関先に並ぶ三足の中では、一番くたびれていないものを選んだ。

でも、物知らずの征太郎でも上質なものに囲まれているとわかる葵生から見れば、『きちんとした格好』ではないのかもしれない。

「……こっち。一緒に来い。リッターは留守番をしていろ」

「は……あっ、葵生さん？　どこに……。行きますから、待ってください」

突然立ち上がり、征太郎に一言だけ言い残してスタスタ歩き出した葵生の後を、慌てて追いかけた。

葵生に促されるまま、門の前に停まった黒塗りの大型車に乗り込んでシートに腰かけた征太郎だが、なんのためにどこに行くのか聞いていない。

運転席に向かって「いつものルートで」と話しかけた葵生は、もしかして征太郎に告げていないことを忘れているのではないだろうか。

まさか、葵生は話してくれたのに、自分が聞き逃した？　……ずっと意識しているこの人の言葉を聞き逃すなど、あり得ないと思うのだが。

いろんな不安を抱えて綺麗な横顔を見ていた征太郎は、意を決して、

「あの、葵生さん。どこへ……?」

そう、遠慮がちに切り出した。

葵生はチラリと横目で征太郎を見遣り、淡々と返してくる。

「まずは、美容院。次は百貨店。心配しなくても、馴染みのところばかりだ。車を手配するついでに連絡をしておいた」

「はあ」

どうやら、予《あらかじ》め説明されていたのに自分がきちんと聞いていなかったわけではなさそうだな……と、まずは安堵《あんど》する。

だが、征太郎の戸惑いは解決することなく、かえって増すばかりだ。

葵生が美容院と百貨店に用があるとして、それらに自分を伴うのはどうしてだろう。

「着いたぞ。降りろ」

「はい」

葵生に脇腹をつつかれた征太郎は、運転席からの「一時間後にお迎えに参ります」という言葉に送られて、車を降りる。

「そこだ」

葵生の言葉に、自然と身体が動いて黒い扉の取っ手を摑む。

黒と赤を基調とした壁に覆われた外観からは、なんの店か推測もできなかったが、扉を開けるとドライヤーの音が聞こえてきた。一歩足を踏み入れたら、大きな鏡を前にしたイスやシャンプー台が目に入る。

これは確かに、車内で聞いた通りに美容院……らしい。

髪を切るところといえば、老理髪師が一人で腕を振るう地域にたった一軒の理髪店しか知らない征太郎には、異世界に等しい空間だ。

「いらっしゃいませ、西園寺さま。お待ちしていました。……この方が？」

店に入ってすぐのところで立ち止まっている征太郎と葵生に、黒いエプロンを身に着けた男性が近づいてくる。

四十代半ばくらいだと思うが、引き締まった体軀《たいく》と明るめの艶やかな髪をしていて、なんだか年齢不詳な空気を纏《まと》っている。美容師という、外見に気を遣いそうな職業についているせいかもしれない。

「そうだ。適当に整えてほしい」

「承知いたしました。では、こちらへどうぞ」

答えた葵生に背中を押され、半歩前に出た征太郎はギョッと目を見開いた。

こちらへ、と男性に促されても唯々諾々《いいだくだく》と従えるわけがなく、困惑を顔に浮かべて葵生を振り返る。

「は……なんで、俺っ？　あ、葵生さん、なにが……」

「嫌か？」

葵生は、目が合った征太郎に向かってどことなく淋しそうに問いながら、わずかに首を傾げ……反射的に首を横に振った。

「いえっ、嫌では」

「それなら、黙ってプロに任せろ」

これ以上なにも言えなくなってしまい、「なんで？　どうなってる？」という混乱を頭の中にグルグル巡らせながら、

「まずシャンプーをしますので、こちらにかけてください」

そう男性に示されたやけに背もたれの長いイスに、恐る恐る身を預けた。頭がここで、腰の位置はここ……と、指示されるまま体勢をずらす。

倒しますよ、と予告されていたにもかかわらず、ゆっくり後ろに倒れた時は危うく悲鳴を

漏《も》らしそうになってしまった。

たかがイスに怖がる自分は情けなかったけれど、こういうタイプのイスに座ったのは初めてだったのだ。

□　□　□

美容院の次は、百貨店だ。

それもソファセットのある個室に通されて、売り場から運ばれた服を次々と試着させられ……着せ替え人形になった気分だった。

しかも、征太郎が服を着替えるたびに葵生が「似合わない」とか「このデザインなら黒より青」と感想を口にして、素早く意に添った別の物が運び込まれる。

自分の身になにが起きているのか把握しきれない征太郎は、「ピッタリです」とか「少し窮屈です」などのサイズに関する感想しか言えなかった。

シャツにジャケット、ボトムにベルトと……靴下、革の靴まで。

一式を揃《そろ》えると、

「これでいい」

葵生は、そう満足そうに笑んだ。

ようやく解放された征太郎は、ホッとして元々着ていた服に着替え直そうとした。けれど、葵生が「なにをしている？　それが似合うと言っただろう。このまま帰る」と告げた途端、寄ってたかってプライスカードを外されてしまった。

結局、いらないという征太郎の言葉は見事なまでに聞き流され、元々着ていた服を紙袋に収められて百貨店を後にすることになった。

西園寺家の前で黒い大型車を降りた頃には、とっぷりと日が暮れていた。

「葵生さん。あの……すみません」

もしかして葵生は、自分があまりにもみっともない格好をしていたから、あのままでは祖父である西園寺氏に逢わせられないと思ったのかもしれない。

そう思い至り、肩を落として謝ると、葵生は不思議そうに征太郎を見上げてきた。

「なぜ謝る？」

「だって、俺が見苦しい身嗜みをしていたから、こうして整えてくださったんですよね。あ、美容院も服や靴の代金も……俺、払っていません！」

今更ながら、「しまった」と焦りが湧く。

美容院でも百貨店でも請求された憶《おぼ》えはないのだから、征太郎がおろおろしているあいだ

に、葵生が支払いを済ませてくれていたに違いない。

「おいくらでしたか？　今すぐ……は、無理ですが」

財布の中身を思い浮かべた征太郎の声が、尻つぼみになる。

ここまでの切符を買う時に目にした限り、財布の小銭入れには百円玉が一枚と十数円……札入れには、千円札が一枚だけ入っているはずだ。

「僕が勝手に連れ回したのに、代金を支払う気か？」

「それは、もちろんです！　払わないわけがないでしょう」

予想もしていなかった疑問を投げかけられ、驚いて言い返す。

まさかこの人は、征太郎が言い出さなかったら請求しないつもりだったのか？

「今すぐ払わなくてもいい。ああ……もう、こんな時間だな。リッターに夕食を食べさせなければ」

腕時計を確認した葵生が、門の向こう……お屋敷を目にしながら口にする。

征太郎は、ここで自分が足止めしていてはいけないとハッとして、一歩足を引いた。

「あ、すみません。この時間から西園寺さんに逢わせてくださいと訪ねるのは、失礼ですよね。……後日、出直します」

「ああ。……また、後日に」

征太郎の台詞《せりふ》に、仄《ほの》かな笑みを浮かべてそう答えた葵生に見惚れていると……ふいっと背を向け、小さな扉を開けて敷地へ入っていった。

きっと、ものすごくマイペースな人なのだ。独特の空気を持っているので、戸惑いながらも強く拒否できなかった。

手に持っている紙袋がガサリと揺れて視線を落とすと、履き慣れない革靴が視界に入る。

「ん……結局、総額はいくらなんだろう」

すぐには払えなくても、どれくらい必要なのか確認しておきたかったのに、聞きそびれてしまった。

上手《うま》く、はぐらかされてしまった気もする。

まさか葵生が購入するつもりだとは思わなかったので、着せ替え人形状態だった時に値段を見ていなかった。

そういえば、ジャケットを羽織る際、短冊状の品質表示カードがチラッとだけ目に入った。最下部に記されていた数字は、確か……。

「204580って見えた気がするけど……ジャケット一つがそんなにするわけないか。百貨店だし、二千……でもないだろうから、二万五千円だよな。シャツとズボン……ベルトに靴で、五万円くらいはするかな。髪を切ったのは、じいちゃんの理髪店みたいに二千円じゃ無理だろうな。五千円……より高いかも？」

今の自分に確かめる術はないのだから、なにもかも推定だ。

高校時代から、長期休みのたびに旅館などで住み込みのアルバイトをして得たお金を貯めた、預金通帳を思い浮かべる。

「うぅ……貯金で足りるといいけど」

小さく唸り、足りなかったらどうしよう？　と夜空を仰《あお》いだ。

《征太郎・二》

早番のシフトが入っている時は、早朝にコンビニエンスストア。その後、一旦アパートに戻って大学に行き、授業が終われば駅前の居酒屋でアルバイトをして……アパートに戻るのは、深夜になる。

そんな日が続き、征太郎が西園寺氏の屋敷を再訪することができたのは、一週間後の土曜日だった。

門の前に立ったところで、訪問者の気配を察知したのか、またしても庭の奥からジャーマンシェパードが駆けてくる。

誰彼かまわず無闇に吠えつくのではなく、訪問者が不審人物か否か確認した上で威嚇するのだろう。

勢いよく走ってくると、門を挟んで征太郎の正面に座る。こちらをジッと見ながら、唸ることなくハッハッと長い舌を出した。

「よお、リッター……だったか。調べたら、ドイツ語で騎士《きし》って意味なんだってな。葵生さんの騎士か」

ソファの脇に行儀よく座り、葵生に寄り添う姿は正しく凛々《りり》しい騎士のようだった。

門の鉄格子の隙間から手を入れてリッターの頭を撫でたところで、屋敷のほうからこちらに向かって歩いてくる人影に気がついた。

相変わらず、綺麗な人だ。

「……こんにちは、葵生さん」

「征太郎。……遅かったではないか。またと言ったくせに」

開口一番にそんなふうに責められてしまい、征太郎は焦って再訪まで一週間もかかった理由を語る。

「すみません。アルバイト先と学校との行き来で、一日が終わっちゃって……今日はどちらも休みなので、お邪魔しました。日を決めて葵生さんとお約束していたら、お待たせすることなく、もっと早くに来られるよう気をつけたのですが」

まさか葵生が、自分の訪れを待っていてくれたとは……。

そう、あたふたと口にした征太郎に、葵生は唇を引き結んで顔を背けた。

「待っていたわけではない。征太郎の『また』は、いつなのか……少し、気になっていただけだ」

「すみませんでした」

こんなに可愛《かわい》らしい反応を見せられてしまったら、自分が悪いと身を縮めて謝るしかできない。

もし、葵生がそんなふうに思ってくれているとわかっていたら、なにを置いても駆けつけたのに……自分の迂闊さが腹立たしい。

「葵生さん、ごめんなさい」

重ねて謝罪すると、葵生はリッターの背中をそっと撫でながら「もういい」とつぶやいた。

そして、門の鉄格子越しに征太郎を見上げてポツリと口にする。

「祖父は不在だ」

「あ……予めアポイントメントを取るべきでした！　出直します」

しまった！　バカなことをした。

約束を取りつけることなく突然訪れてしまっては、西園寺氏との面会は叶《かな》わないと……前回で学習するべきだった。

ここに来たら、また葵生に逢えるかもしれないと、浮かれていたせいだ。そんな基本的なことが抜け落ちていたなんて、バカだと自分に対して腹立たしくなる。

出直すと宣言して踵を返そうとした征太郎を、葵生が短く「待て」と制する。

「今日は、一日時間があると言ったな？」

葵生は感情の波が大きい人ではないようなので、表情はない。質問の意図が読めずに戸惑ったけれど、ひとまず聞かれたことに答えた。

「はい。たまたま、アルバイトのシフトも入っていませんし」

「……そこで待っていろ。リッターー、征太郎を見張っていてくれ」

「葵生さん？　あ……」

戸惑いを滲《にじ》ませて名前を呼んだのだが、葵生は征太郎の声が聞こえなかったかのように背を向けて、屋敷へと歩いて行く。

人間の言葉をどこまで理解しているのか、リッターは前脚を揃えて座り、ジッと征太郎を見据えていた。

葵生の言いつけを、懸命に守ろうとしているとしか思えない。

健気《けなげ》な、澄んだ瞳を無視して立ち去ることなどできず、征太郎は苦笑してリッターに話しかける。

「そんなに見なくても、大丈夫だって。葵生さんに待てって言われたら、おまえもずっとその場で待ち続けるだろう？」

自分は犬ではないが、葵生に待っていろと言われれば、リッターと同じくらい根気強く待ち続ける自信がある。

それくらい、あの人は不思議な魅力があった。

「なんだろう。庇護欲をそそられる、って言えば怒られるかな。でも、施設のチビたちとは少し違う、放っておけない雰囲気があるんだよなぁ」

葵生を前にした時に込み上げる感情を、上手く表現する言葉を思いつかない。

年齢は、きちんと確かめていないけれどたぶん自分とほとんど変わらないのだから、子供たちと同列に並べて語るのは失礼だろう。

でも、儚いとでも言うか……少し目を離しているうちに消えてしまう虹のような、危うい魅力があると思う。

「うーん……あの人の言うことなら、なんでも聞いてあげたくなるよなぁ」

おまえもそうだろう？　とリッターの頭を撫でると、ピンと立った大きな耳がピクッと震えた。

「うん？」

リッターが鼻先を向けたのと同じ方向に、征太郎も顔を向ける。リッターが何に反応したのかは、すぐにわかった。

葵生が、ゆっくりとこちらに向かってくるのが見えた。

征太郎とリッターが見ていることはわかっているはずなのに、急ぐでもなくマイペースで歩を進める。

先ほどと同じ、白いシャツにベージュのパンツだ。その上に紺のジャケットを羽織っただけなのに、途端にきちんとした印象になるのが不思議だった。

育ちの良さ故《ゆえ》の気品が、全身から滲み出ているみたいだ。

リッターの脇で足を止めると、鉄格子越しに征太郎を見上げて、「待たせたな」と口にする。

「すまないが、リッターは留守番だ。行くぞ」

「は、はい？　行くって……」

通用門をくぐって出てきた葵生に、戸惑って聞き返した直後、すぐ脇に黒塗りの大きな車が停まる。

見覚えがある、タクシー……いや、前回に乗った時と同じハイヤーというものだろうか。屋敷に戻った際に、連絡したのだろう。

「乗れ」

「えっ、でも……葵生さんっ？」

なんだか、似たようなコトがつい一週間前にもあったぞ……と思いつつ、葵生に急《せ》かされて黒い車の後部座席に乗り込む。

征太郎が葵生に逆らえないと、わかっているのでは……まさか、さっきのリッターに向けた言葉が聞こえていたか？

いやいや、絶対に聞こえない距離だったはず。

頭の中で「なにがどうして、またこんなことに」と惑う征太郎をよそに、葵生は真っ直ぐ背を伸ばして車のシートに座っていた。

凛《りん》とした佇まいが、綺麗だ。

やはり自分は、この人には逆らえない……。

諦めの境地に達した征太郎は、目的地を聞き出すことを断念して、革張りのシートに背中を預けた。

どこに、なんのために向かっているのか聞いたところで、それがどんなところであっても征太郎は拒めないと……わかっていたから。


ハイヤーから降り立った征太郎と葵生の前にある一軒家は、瀟洒な構えのレストラン……だろう。

これまで征太郎には縁のなかった、高級感あふれる店構えだ。

「葵生さん、ここは……？」

足を止めて、おずおずと話しかけた征太郎に、葵生は顔を上げて言い返してくる。

まるで、この状況で疑問を持つ征太郎がおかしいとでも言いたそうに、

「昼食に決まっている。フランス料理は嫌いか？」

そう、小首を傾げて尋ねてきた。

決まっていると言われても、今初めてここに連れられてきた理由を聞いた征太郎は、フラ

ンス料理？　と目を白黒させた。

フランス料理とは、アレか？　かたつむ……いや、エスカルゴがナントカや……あとは確か、テレビで見た洋風おでんもあったか。名前は……思い出せない。

想像力の限界に達して、葵生の「嫌いか？」に左右に首を振って答える。

「これまでフランス料理ってフランスパンとかクロワッサンしか食べたことがないので、好き嫌いはわかりません」

「パンは料理に数えていいものか？　クロワッサンは、ヴィエノワズリー……菓子パンだ」

征太郎の返事に目をしばたたかせてクスリと微笑した葵生は、田舎者の貧乏人だと馬鹿にする雰囲気ではなかったので、

「料理……ではないかもしれませんが、一応フランスのものですよね？」

と、照れ笑いを返す。

そうして話しながら葵生について歩を進めたせいで、辞するタイミングを逃してしまった。

ガラスに映る人影を察してか、入り口のドアを開けたスーツ姿の男性と短く言葉を交わした葵生が、チラッと征太郎を振り返る。

「行くぞ」

「…………」

戸惑いは拭えないが、ここで突っ立ったまま葵生を見送るわけにもいかない。仕方なく、

慣れない空間に足を踏み入れた。

自分が場違いな空間にいることがわかるので、しっかり周囲を見ることができない。節約のため滅多に外食などしないので、ファミリーレストランにさえ、数えるほどしか入ったことがないのだ。

西園寺氏に逢うつもりだったので、先日、葵生が見立ててくれた服を着ていて正解だった。うつむき加減に足を運び、どうやら個室に案内されたことにホッとする。

征太郎がフランス料理と聞いて一番にイメージするものは、たくさんのフォークやナイフがテーブルに並べられているという図だ。

当然の如《ごと》く征太郎は、テーブルマナーを知らない。習う機会もなかったし、自分には必要な場面などないと高を括《くく》っていた。

ただ、個室なら他の客の目がないので、自分が変なことをしても同席する葵生に恥をかかせる危険は低いだろう。

白い壁に、額に入った油絵が飾られているだけのスッキリとした個室には、円形のテーブルと向かい合わせに置かれたイスが二つ。テーブルの真ん中には、小さなガラスの花瓶とそこに活《い》けられたピンクの花が一輪。

真っ白なテーブルクロスの上に、やはりズラリと銀色のフォークやナイフ、スプーンが並べられていて頬を引き攣《つ》らせてしまった。

イスに腰かけたのはいいが、慣れない空間は落ち着かない。テーブルの上にある綺麗に折られた白いクロスや、メニューらしきものを手に取ることもできずにいると、正面の葵生が話しかけてきた。

「コースでいいか。好き嫌いはないと言っていたな。アレルギーも？」

「ありません。……お任せします」

葵生が取り仕切ってくれるなら、ありがたい。

グラスに注がれた水や銀色のフォークやらをジッと睨《にら》んでいると、葵生と話していたウエイターが静かに個室を出て行く。

ほんの少し肩の力を抜き、チラリと葵生に目を向けた。直後、まともに視線が絡んでしまう。

「あの……なんで、俺とこういう店で昼飯を？」

征太郎が、テーブルマナーも知らず高級そうなフランス料理店に相応《ふさわ》しい人間ではないことは、葵生にも予想がつくはずだ。

場違いなのが予想できていて、どうして？　と率直な疑問を投げる。

「ちょうど、昼食時だったから」

「はぁ……なるほど」

征太郎の質問に対する答えとしては、微妙にズレたものではないだろうか。更に質問を重ねるべきか迷っていると、葵生のほうから言葉を続けた。

「テーブルマナーが不安か？」

不思議そうに尋ねられて、迷うことなく大きくうなずく。

「当然です。正直言いまして、どこから手をつければいいのかもわかりませんので途方に暮れています。同伴者が俺みたいな無作法者だと、葵生さんが恥ずかしい思いをするのではないかと心配です」

周囲に他の客がいないことで少しだけ肩の力を抜くことができたけれど、ウエイターに品のない人間を伴っていると思われてしまったら、葵生に申し訳ない。

そう口にすると、葵生は「なんだ、そんなことか」とつぶやいた。

「征太郎が周囲の目を気にしなくてもいいように、個室を用意させた。テーブルマナーなど、食事をしながら覚えるものだ。王族だろうが貴族だろうが、生まれながらに身につけている者などいない。卑屈になるな」

「でも、俺がテーブルマナーを覚えたところで日常生活に役に立つものではありませんから、もったいない気が」

「……僕と食事をするのは嫌か？」

淋しそうな声でポツリとつぶやかれ、ギョッと目を瞠る。予想もしていなかった問いに咄《とっ》嗟《さ》に声を出せなくて、慌てて首を横に振った。

どうして、今の会話の流れで自分が葵生との食事を嫌がっているのでは、という疑問に行き着くのだろう。

「まさかっ。俺は、分不相応なレストランがほんの少し気詰まりなだけで、葵生さんと一緒なことに不満などありません」

「それなら問題はない。僕が、征太郎とランチをしたいだけだ。カトラリーを使う順番は、僕を真似《まね》すればいい。もし間違ったものを使ったとしても、必要な時に新しいものを用意してくれるから気にしなくていい」

「わかりました」

不安が解消されたわけではないけれど、自分との食事を葵生が望んでくれているのであれば、これ以上逃げ腰になるのは失礼だ。

征太郎は腹を決めて、大敵に挑むような気分で銀色のフォークやナイフと対峙《たいじ》した。


一度の食事にこれほど時間をかけたのも、大きな仕事を終えた気になるのも初めてだ。

きっと征太郎は見るからにぐったりしていると思うのだが、葵生は淡々と紅茶の注がれたティーカップを口に運んでいる。

ソーサーにカップを戻すと、征太郎と視線を合わせて口を開く。

「次は買い物に行くか。ランチだと今の服装でもいいが、ディナーになるとタイが必要だ。ジャケットではなく、上下揃いのスーツと……靴、ああ……時計なんかもあったほうがいい。手元が淋しいな」

主語はないが、きっと征太郎のための買い物だ。時計と言いながら、手首に視線を送って来たことからも間違いない。

征太郎も、腕時計を持っていないわけではない。高校を卒業する際、三年間主席だったことへの褒賞としてもらったものがある。

ただ、葵生が見立ててくれたこの服装にはアンバランスかと思い、今日はアパートに置いてきてしまった。

イスから腰を上げた葵生に、このままではまた彼のペースに巻き込まれてしまう……という危機を感じて、「待ってください」と制止した。

「葵生さん自身の買い物でしたら、おつき合いします。でも、もし俺になにか買い与えてくださるつもりでしたら、困ります。今の……この服の代金を、先にお支払いしなければならないですし、そんなことをしていただく理由もない」

ここの支払いも、葵生が財布から出したカードで済まされてしまい……征太郎は、値段さえ知らない。

でもきっと、ファミリーレストランのセットメニューとは比べ物にならないほど高価だろうという、想像はつく。

征太郎を見詰め返してきた葵生は、無言で少し考えていたけれど、「では」と彼なりの譲歩案らしきものを口にする。

「服や時計でなければいいのか？」

「いえ、ですから、俺はなにもいりません」

何故この人は、自分に物を与えようとするのだろう。

先日も、同じ疑問が頭に浮かんでいたのだが、尋ねるタイミングを逃してしまいそれきりになっていた。

「葵生さん」

「征太郎は、イラナイばかりだ。一つくらい、欲しいものがあるだろう？」

今度こそ、と問い質《ただ》そうとした征太郎が口を開こうとしたところで、葵生が先に疑問を投げかけてくる。

これまでになく不機嫌そうな声で、もどかしそうな表情をしていて……自分の質問を呑《の》み込んだ。

欲しいもの？　と首を捻《ひね》る。

葵生は、ジッと征太郎を見据えて答えを待っているようだが、彼が求めているだろう返答はできなかった。

「……いいえ、なにもありません。今のところ、必要なものはすべて足りています。スーツなどなくても、身の丈に合った生活をすればいいだけですし……今後、欲しいものができれば自力で手に入れます」

葵生の祖父の西園寺氏には、諦めていた大学進学を叶えてもらった。学費だけではなく、生活費の援助もしてくれている。

できる限り手をつけることなく自分でなんとかしたいと思い、アルバイトをしているが……いざという時に備えがあると思うだけで、心強い。

今の自分は、これ以上なにも望むことはない。

思うままを語った征太郎に、葵生は怪訝《けげん》そうに聞き返してくる。

「自力で？」

「はい。アルバイトもしていますから。アルバイト代で、大学の学費と生活費をすべて賄《まかな》うのは困難なので、今は奨学金を用立ててくださった西園寺さんに甘えてしまいます。そのお礼を、きちんと言いたいですし……卒業後、少しずつでも返済するつもりなので、その相談もさせていただこうかと」

そこまで口にした征太郎は、「もしかして」と、これまでの葵生の不可解な行動の理由に思い至る。

西園寺氏から、なにか言われているのだろうか。

征太郎を、自身が支援するのに相応しい身なりにしろ……とか。みっともない外見だったら、整えてやれ……とか。

もしそうなら、大学の学費や生活費の支援に、これらの経費をプラスして返済させてもらえばいいか。

なににしても、やはりできるだけ早く西園寺氏に面会しなければならない。

「……買い物が不満なら、家に帰る」

征太郎から顔を背けた葵生は、こう言えば失礼かもしれないけれど、拗《す》ねた子供のようでなんとなく可愛い。

綺麗なだけでなく、こんな可愛さまで具《そな》えているなんて……。

次々と現れる葵生の魅力に心臓がトクトク鼓動を速めるのを感じて、征太郎は「なんか変だな？」と、シャツの上から胸元を押さえた。

それに、この……不機嫌そうというか、もどかしそうな葵生の表情は、初めて見たはずなのに知っているような気がする。

先日、美容院や百貨店に連れられた時……か？　いや、それならこれほど曖昧《あいまい》な記憶ではないはずだ。

いつ、目にした？

葵生とは、まだ二回しか逢っていないのだから、すぐに思い出せるはずなのに……上手く記憶の棚を引き出すことができない。

「行くぞ、征太郎」

「あ、はい」

イスに座ったままぼんやりしていると、個室の出入り口に向かいながら葵生に名前を呼ばれる。

思考を中断させた征太郎は、慌てて立ち上がって華奢《きゃしゃ》な背中を追いかけた。

《征太郎・三》

征太郎が買い物を固辞したため、レストラン前で葵生と征太郎を乗せたハイヤーは、寄り道することなく西園寺のお屋敷に向かった。

ハイヤーを降りてテールランプを見送ると、征太郎は葵生に向き直って頭を下げた。

「ランチ、ご一緒させてもらって嬉しかったです。あんな豪華なもの、初めて食べました。葵生さんに教えてもらったテーブルマナー、きちんと覚えておきます」

またしても西園寺氏と逢えなかったのは残念だったが、しっかりアポイントメントを取った上で出直そう。

顔を上げ、駅に向かって身体の向きを変えようとした……直後。

「え？」

ジャケットの袖口《そでぐち》がなにかに引っかかったように、動きを制される。驚いて振り向くと、葵生が征太郎のジャケットを摑んでいた。

「今日は、なにも用がないと言っていただろう？」

「はい」

「……リッターと遊んでいけばいい。リッターが、そうしてくれと言っている」

葵生の視線を辿《たど》って、門の中に目を向ける。

ハイヤーの音を聞きつけて葵生の帰宅を察し、出迎えに来たのか、いつの間にかリッターが行儀よく座って尻尾を振っていた。

「犬は好きなんだろう？」

「……はい。俺は、リッターと遊ばせてもらえるのでしたら嬉しいですが」

「では、問題ない」

ホッとしたようにうなずいた葵生は、征太郎のジャケットの袖口を握ったまま通用門のロックを解除して庭に入った。

駆け寄ってきたリッターに、

「征太郎が遊んでくれるそうだ」

と、人間の言葉が通じるかのように話しかける。

リッターは、『征太郎』か『遊ぶ』という言葉のどちらに反応したのか、こちらに顔を向けて、ひと声「ワン」と鳴いた。

こちらをジッと見上げる、「遊んでくれる？」というキラキラした瞳に……負けた。こんなふうに喜びを表されてしまったら、ダメだなどと言えるわけがない。

「ボールかフリスビー、ありますか？」

「テニスボールがある」

「それをお借りします」

うなずいた葵生は、摑んでいた征太郎のジャケットから手を離して「一度、中に」と、お屋敷へと促す。

汚れたら大変だから、ジャケットは脱いでおこう。さすがにズボンは脱げないので、転ばないように気をつけなければ。

そう考えながら葵生の後について歩く征太郎は、期待に満ちた目でこちらをチラチラ見上げながら尻尾を振ってついてくるリッターの姿に、唇を綻ばせた。


瞬発力も、持久力も、走力も……身体能力には、そこそこ自信があった。

征太郎が育った施設は、周囲を田畑や山といった自然に囲まれていて、遊ぶといえば木登りや野山を駆け回ることだったのだ。

国内屈指の進学校と呼ばれていた全寮制の中高一貫校も、地元枠を利用しての入学だったので同じ地域にあり……都会から入学してきた子供が「田舎だ」と唖然《あぜん》とする環境でも、地元組の自分たちにとってはそれが普通だった。

全国模試でも常に二桁に入っていた成績は、偏差値の高い大学に進学しようとか、入試入学組の同級生に所詮地元枠だと馬鹿にされる悔しさから、見返してやろうと……張り合った結果ではない。

ただ単に、他にやることがなかったから勉強した。それだけだ。

インターネット環境は整備されていたので、ＳＮＳを利用したゲームで遊ぶ子供もいたけれど、征太郎は壊滅的にゲームが下手《へた》だった。

早々に、ゲームには不向きだと見切りをつけたことで、野山を駆け回って遊ぶか参考書や問題集に向き合うか……それらの二択だったのだ。

だから体力には自信があったのだが、さすがに運動能力の優れたジャーマンシェパードを相手に一時間も遊べば、限界を感じた。

「悪……い、リッター……ちょっと休憩」

ゼイゼイと肩で息をしながら、ボールを銜《くわ》えて待機しているリッターに「待て」と手のひらを向ける。

もともと賢い犬種なことに加え、きちんと躾がされているリッターは聞き分けがよく、もっと遊んでくれとそわそわしながらもおとなしく待っている。

「いい子だなー」

ピンと立った大きな耳のあいだに手を置いて頭を撫で回すと、尻尾を全力で振って嬉しさを表現した。

可愛い。この素直さが、犬の魅力だろう。

「征太郎、疲れたか」

「さすがに、ちょっとだけ」

背後からかけられた葵生の声に振り向いて答えると、「飲め」とスポーツ飲料のペットボトルを差し出される。少し前から姿が見えないと思っていたのだが、これを取りに行ってくれていたのか。

「いただきます」

ありがたく冷たいペットボトル受け取り、喉《のど》の渇きを癒《いや》した。

スッキリとした甘みとナトリウムの塩気や酸味が、身体中に染み渡るみたいで美味《おい》しい。一気に半分ほど喉に流して、息を吐いた。

「リッターは満足そうだ。僕が相手では、こんなふうに運動をさせてやれない」

「ああ……ここの庭は広いので運動不足になる心配はなさそうですが、こんな遊び方はなかなかできませんよね」

失礼かもしれないが、物静かで活動的とは言い難《がた》い雰囲気の葵生が、自分のようにリッターと庭を走り回る姿は想像がつかない。

ふっと笑った征太郎を見上げて、葵生が口を開いた。

「提案だが」

「はい？」

たまに突拍子のない……征太郎の予想もつかないことを言い出す葵生の『提案』に、ほんの少し警戒しつつ続きを待つ。

葵生は征太郎からリッターへと視線を移し、提案の内容を語った。

「アルバイトなら、ここですればいい」

「………」

征太郎は言葉の意味を量りかねて、無言で葵生を見下ろす。

ここ、とは西園寺のお屋敷のことか？

庭は専門家が手を入れているだろうし、家事能力などは見るからに低そうだと自覚している。実際、自分の身の周りのことをするので精いっぱいだ。

ここで自分ができそうなことは、たぶんないと思うのだが。

そう断りを口にしようとした征太郎に、葵生が「内容は」と続きを口にしようとする。

征太郎はピタリと唇を閉じて、葵生の説明を待った。

「リッターの遊び相手だ。僕が相手にしたり、庭で一人遊びしたりするよりも、征太郎と走り回るのが楽しいらしい。こんなに生き生きしているリッターは、初めて見た。それに、他人にこれほど気を許すのも初めてだ」

思いがけない提案に、どう反応すればいいのか迷い……視線をリッターの耳元にさ迷わせる。

リッターの相手は、征太郎自身も楽しんで遊んでいるだけだ。それでは、アルバイトと呼べないのでは。

「葵生さん、リッターの相手をアルバイトにするのは……」

「嫌か？　……リッターも残念がる」

リッター『も』、と確かに言った。

それではまるで、葵生も征太郎がここを訪れるのを望んでくれているみたいだ、と考えるのは厚かましいだろうか。

恐る恐るリッターの耳から視線を上げて葵生の顔を見ると、唇を引き結んで征太郎の返事を待っているようだった。

どことなく不安を漂わせて、急かすでもなく待つ姿に……お手上げだ。

「アルバイトとしては、お受けできません」

「……そうか」

「でも、俺もリッターと遊ばせてもらいたいので、リッターの友人として遊びに来ることを許していただけるのでしたら、お願いします」

残念そうに顔を伏せようとしていた葵生が、動きを止めて目をしばたたかせているのがわかった。

そうして、征太郎の言葉の意味を考え……結論が出たらしい。ゆっくりと顔を上げ、征太郎と視線を絡ませる。

「遊びに来るのはいいということか？」

「はい。週に何度か、アルバイトのない日だけ……になりますが。それでもいい……かな、リッター」

征太郎が名前を呼んだせいか、リッターはバサバサと尻尾を振っていて、まるで「はい」と答えてくれているみたいだ。

「アルバイトではなくても、いいのか？　貴重な時間を潰させるのに」

まるで、アルバイトという名目で見返りがなければ征太郎が来てくれない、と思っているみたいな言い方だ。

葵生になにも求める気がない征太郎は、どう伝えれば葵生にわかってもらえるのか……迷いながら、答えた。

「時間を潰すという言い方は、少し違いますね。俺が、リッターと遊びたくて……お願いしているんです。アルバイトとなれば、仕事だし義務でしょう？　そうじゃないんです。自分の楽しみも兼ねてリッターと遊ぶことで、代償はいただけません」

「それなら、せめて交通費くらいは受け取ってほしい。……征太郎が来られる日時に、ハイヤーを迎えに行かせてもいいが」

「う……それは、勘弁してください。電車賃は……正直言いましたら、ありがたいです」

週に何度も交通費を捻出するのは、少しでも節約したい自分にとって痛い出費ではある。でも徒歩で通うには少し時間がかかる距離だろうし、分不相応なハイヤーで迎えに来られたりしたら走って逃げたくなりそうだ。

葵生からなにかをもらうつもりは一切なかったのだが、互いに少しずつ譲歩した結果として、交通費の申し出には甘えてしまうことにした。

「……そうか」

今度の「そうか」は、安堵の滲むやわらかな一言だった。

嬉しそうな、なんとも綺麗な微笑を浮かべるものだから、自分がすごく葵生に好かれているのではないかと勘違いしそうになる。

……違う違う。間違えるな。葵生さんは、俺が訪問することでリッターを喜ばせられることが、嬉しいだけだ。

そう自分に言い聞かせて、奇妙に脈拍数を上げる心臓あたりを「落ち着けよ」と拳《こぶし》でポンポンと叩《たた》いた。

「じゃあ、征太郎……あ」

葵生がなにか言いかけたところで、征太郎の背後に視線を移す。

同じタイミングで、リッターが「ワンワンワン！」と、これまで征太郎が聞いたことのない勢いで吠えた。

なにかと思って振り向くと、門のすぐ脇に赤い車が停まっている。運転席のドアが開き、スーツ姿の長身の男が姿を現した。

その人物を目にしたリッターが、ピタリと鳴き止む。

「よお、葵生。ちょうどよかった。門、開けてくれよ」

リッターの反応といい、葵生と親しげに名前を呼びかけたことといい、知り合いに違いない。

葵生はかすかに眉を顰《ひそ》め、大きなため息をついて門に向かって歩いて行った。その後ろを、まるで護衛するかのようにリッターがついて行く。

「俊貴《としき》。連絡してから来い」

「おまえ、俺からの電話に出てくれないからなぁ。お袋が旅行から帰ってきたんだ。ジイサンと葵生に土産《みやげ》を持ってきた」

門を挟んで交わされている二人の会話は、立ち聞きするつもりなどないけれど征太郎の耳まで届く。

やはり、ずいぶんと親しそうだ。どんな関係……だ？

「客か。珍しいな、おまえが業者や身内以外を家に入れるなんて……。ハトコとはいえ、一応身内の俺でさえ、そんなラブリーな仏頂面《ぶっちょうづら》で歓迎してくれるのになぁ？」

「……うるさい。歓迎していない。ラブリーな仏頂面とか面妖《めんよう》な言い回しをするな。門を開けるから、勝手に入れ」

「相変わらず、冗談が通じないなぁ。おっと、怖い顔で睨むなよ。ますますラブリーだから」

笑いながらそう言った男は、エンジンをかけたままだった車の運転席に乗り込んだ。

内側から操作できるらしく、葵生が門の脇あたりにある配電盤のような黒い箱の扉を開ける。数十秒後、大きな鉄の門がギギギ……と重そうな音を立てて、ゆっくりと左右にスライドした。

征太郎が見る限り葵生は小ぢんまりした通用門ばかり使っていたので、もしかして大きな鉄門はただの飾りで開かずの門なのでは……という疑念を抱きつつあったのだが、きちんと実用されているらしい。

「ハトコ……って言ってたな」

漏れ聞こえてきた言葉を、ポツリとつぶやいた。ハトコということは、両親のどちらかが従兄弟《いとこ》同士……だったか。

確かに、少し遠い関係だが一応は身内だ。それなら、あれほど親しげなのにも納得できる。

「なんで……ホッとしたんだろ」

胸の中に広がるのは、安堵だと思うのだが……それが何故か、わからない。

自分の、不可解な感情が気持ち悪い。

それ以上に、門から屋敷の玄関に続く小道をゆっくり進む赤い車を見ていると、モヤモヤとしたものが込み上げてくることが気味悪くて……、

「変なの」

澱《よど》みを拡散させようと、固く握った拳で自分の胸の真ん中を叩いた。

それでも胸に渦巻く気持ち悪さは消えてくれなくて、握ったままだったスポーツ飲料のペットボトルに口をつけると、残っていたものをすべて喉に流し込んだ。


「で、彼は？」

どうして、この場に自分が同席しているのだろう……。

そんな疑問が頭を過《よぎ》ったのは、応接室のイスに腰かけた男が、テーブルに身を乗り出すようにして征太郎に笑いかけてきた時だった。

赤い車の後を追おうとした葵生に、当然のように「征太郎。リッター」と名前を呼ばれて、屋敷へと促されたのだ。

気がつけば、応接室のテーブルセットに葵生や男と共に着席していて、リッターが足元に

伏せている。

嬉々《きき》として常に葵生に付き従うリッターと同じく、征太郎も葵生に呼ばれると知らん顔で無視することなどできない。

とはいえ、この場に部外者の自分が同席してもいいのだろうかと、今更ながらの疑問が込み上げてくる。

「あの、俺」

「大学生だよな？　いいもの食って育ったんだろ。最近の子は背が高いし、ガタイもいいよなぁ。何センチある？　あ、名前を聞いていなかったか。そして最大の疑問、葵生とはどんな関係？　どこで知り合った？」

矢継ぎ早に質問を投げかけられて、征太郎は咄嗟に返答に詰まってしまった。どうしよう。とりあえず、聞かれた順に答えるべきだろうか。

　迷っていることが見て取れたのか、征太郎の斜め前……男の隣に座っている葵生が、助け舟を出してくれた。

「俊貴。征太郎が困っている。馴れ馴れしい」

「へぇ、征太郎か。……葵生だけでなくリッターまで懐いているみたいだし、不思議な子だなぁ」

葵生が咎《とが》めても、まったく臆《おく》することなく言葉を続けて征太郎と目を合わせた。

口調は軽いものだったが、観察するような……牽制《けんせい》するような、正体を見極めようとしている眼差《まなざ》しだ。

興味本位に尋ねてきたのではなく、これは身辺調査だ。

葵生に害をなさないかどうかという、人物像の見極めを目的とした質問だろうと納得した征太郎は、ようやく口を開いた。

財布から学生証を取り出してテーブルに置くと、俊貴と呼ばれた彼の質問を思い出しながら答えていく。

「高階征太郎です。H大の法学部に在籍しています。特別なものを食べて育ったわけではありませんが、身長は大学入学直後にあった測定では百八十三センチでした。葵生さんとは、葵生さんの」

葵生の祖父、西園寺氏に奨学金の援助をしていただいて……と続けようとしたのだが、葵生が不機嫌な声で「もういい」と遮った。

「征太郎。律儀にすべて答えるな。俊貴は悪趣味な暇人だから、僕をからかう材料を探しているだけなんだ。無視していい」

俊貴の真図が、征太郎の身辺調査だと気づいていないらしい。

苦笑を滲ませた俊貴は、きっとわざと茶化した口調で葵生に話しかける。

「おいおい。冷たいなぁ、葵生チャン。チビの頃は美少女かって思うくらい可愛かったのに。

……性格はあんまり変わってないけど。ツンデレ……いや、ツンツンツン、だな」

自分の言葉がおかしかったらしく、言葉を切った俊貴は、うつむいてクックッと肩を震わせて笑っている。

葵生は無表情で少しだけ眉を顰め、ツンデレやツンツンツンという言葉の意味がよくわからない征太郎は、笑っていいものなのかわからなくて視線を泳がせた。

「失礼ですが、俊貴さん……は」

葵生の言う、馴れ馴れしい呼びかけだが、征太郎は彼について『俊貴』という名前と、葵生のハトコらしいということしか知らない。

遠慮がちに話しかけた征太郎に、俊貴が「ああ」と笑った。

「そっか、俺の自己紹介はまだか。千堂《せんどう》俊貴、二十七歳。名刺は……っと、あった。西園寺グループ……ってわかる？　その系列企業の一つで、絶賛修行中。うちのバアサンが、葵生のジイサンの妹なんだ。葵生との関係はハトコだな」

テーブルの上、征太郎の置いた学生証の隣に、俊貴の財布から取り出された名刺が並べられる。

最近の『子』とか不思議な『子』などと言われて、少し引っかかりを感じたけれど、学生証しか身分を証明するものを持たない自分は、この人から見れば十分な子供だと思い知らされているみたいだった。

もちろん俊貴には、自分が大人であることを見せつけてやろうという意図はなく、征太郎が勝手に卑屈になっているだけだとわかっているが。

「うん……素材はいいんだよな。髪を整えただけで、ずいぶん印象が違う」

ジッと征太郎を見ていた俊貴が、不意にそんなことを口にした。

隣の葵生が、短く「俊貴っ」と呼んでも、聞こえないかのように征太郎と視線を合わせている。

「……え？」

印象が違う、という言葉に違和感を覚えた征太郎は、見るからに不思議そうな顔をしているのだろう。

小さく笑った俊貴が、種明かしをしてくれる。

「この前、葵生と美容院に入っていくのを見かけたんだ。俺の会社、あのあたりで……ちょうど出先から戻るところでね。誰かと一緒にいる葵生なんて珍しいなぁ……と思っていたけど、あれは征太郎だろ。二十歳《はたち》になっても人見知りの激しい葵生に、あんなふうに出歩くオトモダチはそれほどいないだろうし、このガタイの持ち主と合わせたら征太郎しか当てはまらない」

「美容院……たぶん、俺です」

車道を走る車から、見られていたのか？　ものすごい偶然だ。

チラリと葵生に目を向けると、いつになく不機嫌そうな顔で足元を睨んでいた。その表情のまま俊貴の腕を掴み、顔を上げて苦情を口にする。

「余計なことを言うな」

「褒めただけだろ。あそこで見かけた時は『ダイダラボッチ』って妖怪みたいだったのに、少し髪を整えただけで、見違えるほどイケメンになった……って」

そう言って笑いながら俊貴が征太郎の頭を指差すと、容赦なく葵生がその手の甲を叩き落とす。

「俊貴に褒められたくない。しかも妖怪とは、失敬だな」

「……独占欲か？　ますます珍しいなぁ。へー……ふーん？」

改めてマジマジと俊貴に見られて、居心地の悪さに身動《みじろ》ぎをした。

ダイダラボッチ……は、征太郎も知っている。

小山のように大きな身体の、妖怪だ。征太郎が育った施設のある地域の山にも『ダイダラボッチ』の伝承があるけれど、子供と遊んだり人を助けたりする心優しい巨人と言われていたので、不快ではない。

「葵生が本気で怒りそうだから、今日は帰るかな。……そういや、ジイサンは？　出かけてるのか？　もうすぐ帰るなら、挨拶していくけど」

腰かけていたイスから立った俊貴が、葵生を見下ろしてそう尋ねる。征太郎も、もうすぐ帰宅するならあと少しだけ待って、西園寺氏に逢わせてもらおうか……と葵生の返答に耳を澄ませた。

けれど、

「……不在だ。しばらく帰らない」

淡々とした口調で答えた葵生に、「残念」と心の中でつぶやく。

やはり、西園寺氏が在宅している日時と都合を確認した上で、きちんと面会の約束を取りつけるべきか。

「事業のほとんどから手を引いても、やっぱりジッとしていられないのか。相変わらず、元気な人だなー。じゃ、土産だけ渡しておいて。箱に入ってるのはチョコ菓子らしいから、征太郎とティータイムを楽しんでくれ」

征太郎にまで親しげに「じゃあね」と手を振った俊貴が、応接室を出て行った。見送りをする気はないのか、葵生はイスに腰かけたまま振り向きもしない。

「お茶を淹《い》れたらいいのかもしれないが、家政婦に暇を出している。冷蔵庫にペットボトルのコーヒーや日本茶があるから、それを電子レンジで温めればいい」

「いえ、お気遣いなく。俺も、そろそろ帰ります。思いがけず長居をしてしまいました。……あっ、俺は楽しかったですが」

慌てて最後の一言をつけ足したのは、征太郎が「思いがけず」と言ったところで葵生の表情が曇りかけたのを見て取ったせいだ。

「……それならいい」

少しわざとらしかったかもしれないが、頬を強張らせそうになっていた葵生がホッとしたように微笑を浮かべたから、正解だったと安堵した。

腰かけていたイスから立ち上がると、葵生とリッターが同時に腰を浮かせる。

俊貴のことは、送ろうという素振りも見せなかったのに、どうやら征太郎のことは見送ってくれるらしい。

身内ではないから、気を遣ってくれているのだろう。

「次は、いつ来る？　アルバイトがない日は？」

次回の約束を取りつけようとしてくる葵生に、社交辞令ではなく本当にここを訪れることを歓迎してくれているのだと感じて、胸の内側がじわっと熱くなる。

「ええと……夜になっても構いませんか？　水曜日でしたら、コンビニのアルバイトを七時で上がれるんです。やっぱり、それからだと遅いでしょうか」

アルバイト先からここまでの移動時間を考えれば、訪問する頃には七時半を過ぎてしまう。日が落ちてからの訪問は失礼だろうか、と提案を撤回しかけたところで、葵生が答えた。

「それでもいい。ディナーを一緒にどうだ。……レストランが嫌なら、ケータリングを用意しておく。だから……」

征太郎を見上げて言葉を重ねる葵生は、まるで小さな子供が一緒に遊んでいた友達を「まだ帰らないで」と引き留めているみたいに見えて、喉元まで込み上げていた断り文句を呑み込む。

「……では、お言葉に甘えます」

「わかった」

コクコクとうなずいた葵生に、ふらりと手を伸ばしてしまいそうになり慌てて引っ込める。なんだ？　自分は今、なにをしようとした？

施設にいた小さい子供たちではないのだから、可愛いと感じたからと言って頭に触れようとするなど……失礼極まりない。

しかも葵生は、俊貴の言葉から察するに年上だ。会話の中で、確か二十歳になっても……と言っていた。

迂闊なことをしでかさないよう、身体の脇でグッと手を握り締めて葵生とリッターを見下ろした。

「見送らなくていいです。玄関のドアや……庭の門も、閉まれば自動で鍵がかかるんですよね？」

「……そうだが、リッターが見送りたそうだし、少しだけ……そこまで」

そう口にした葵生は、キュッと唇を引き結んで歩き出す。リッターもその脇を歩き、左右に揺れる尻尾を見送った。

見送る……と言いながら、先に立って歩く一人と一匹がなんとも愛らしくて、思わずうつむいて頬を緩ませてしまった。

なんなんだ、この人。

年上？　とてもじゃないがそうは思えないくらい、とんでもなく可愛いだろう。

《征太郎・四》

今日のアルバイトは、早朝にコンビニのシフトが入っていただけで珍しく夜はフリーだ。残りの授業は一つなので、それが終われば西園寺の屋敷に直行しよう。

そう思いながら早足で構内を歩いていると、同じ学科の学生がすれ違いざまに声をかけてきた。

「あ、高階。刑法I、休講になったぞ」

「えっ、そうなのか」

まさに、これから向かおうとしていた授業だ。足を止めた征太郎は、無駄足となる事態を阻止してくれた彼に頭を下げた。

「掲示板を確認せずに来たから、知らなかった。ありがと」

「スマホに休講情報が来ただろ？　見てないのか」

知らなかった、と口にした征太郎に少し笑ってそういいながら、自分のスマートフォンを指差す。

スマートフォンで、休講情報の確認ができることは知っている。ただし、肝心の本体がなければ知りようがない。

「……俺、スマホ持ってないんだ」

当然持っているだろうことを前提として話していた彼は、征太郎の言葉にあからさまに驚いた顔をした。

「マジかぁ？　アナログ主義ってわけじゃないなら、持てよ。情報が入んないんだから、ないと不便だろ」

「休講情報は掲示板でも確認できるし、特別所持しなければいけない理由がないからなぁ。まぁ、そのうち……」

あれば便利なものだろうけど、ないからといって生活に支障があるわけではない。アパートには固定電話があるし、どうしてもインターネットを使った調べ物をしたいと思えば、大学の図書館か学科の研究室にあるものを借りればいい。だから、今は必要性を感じないのだ。

「いやいや、そのうちじゃなくてすぐに買っておけって」

笑いながら肩を叩かれて、苦笑しつつ曖昧に首を上下させた。

またな、と手を振った彼と別れて身体の向きを変える。教室ではなく、校門を目指して歩き始めた。

「スマホかぁ。高いんだよな……」

スマートフォンを持っていないと言えば、たいていの人は驚いた顔で絶句するのだ。

それほど珍しいだろうか……と首を捻った征太郎は、例外の人物を思い浮かべて頬を緩ませた。

葵生は、征太郎がスマートフォンやパソコンを持っていないと話しても、驚くことも「変わったやつ」呼ばわりすることもなかった。
一、二度目をしばたたかせて、「そうか」とつぶやいた。どうして持っていないとか、不便だから持てとは言わなかった。
ただ、「欲しいか？」と聞かれて「いいえ」と答えたら、なんとなく落胆したような表情で口を噤《つぐ》んだだけだ。

「なんであんなに、俺の欲しいものを聞き出そうとするんだろ」

最初から、そうだった。

葵生は色んなものを与えようとしてくれるけれど、征太郎が必要ないと固辞して欲しいものはないと答えるたびに、表情を曇らせて唇を引き結ぶ。

「うーん……？」

幾度となく考えても、ハッキリとした正解は出ないままだ。

あの綺麗な顔を曇らせてしまうのは心苦しいけれど、本当に欲しいものはないのだから仕方がない。

「まぁ……ひとつもない、とは言えないけど」

さすがに完全な無欲というわけではなくて、征太郎にも望みはある。

ただ、葵生にも言ったとおり、誰かに与えられるものではないだけだ。自力で手に入れたいし、そうするべきだと思っている。

ぼんやりと葵生のことを考えながら歩いていたから、その姿が視界を過った時は幻覚を見ているのかと思った。

「え、葵生……さん？」

横顔を目に映しながら、小さく名前をつぶやいた。

まさか、大学構内に葵生がいるわけがない。

似た背格好の人を見間違えただけ……と否定しようにも、あんなに綺麗な人がそう何人もいるわけがないだろうと、もう一人の自分に怒られる。

でも、それなら……カフェテラスの屋外テーブルで、レモンの浮かんだアイスティーの透明カップを前に座っているのは、やはり葵生本人か？

半信半疑でゆっくりと歩を進め、テーブルのすぐ傍で足を止める。テーブルに影が差したせいか、その人が顔を上げて……、

「……征太郎」

名前を呼ばれたことで、実体だ！　と驚きに目を見開いた。

慌てて屋外用の銀色のテーブルに手をつき、混乱のまま話しかける。

「葵生さんっ、どうしてこんなところに」

狼狽《ろうばい》する自分とは違い、葵生は征太郎がここの学生だと知っていたせいか、まったく驚く様子もなく「どうして？」という疑問に答える。

「征太郎より二年も長く、ここの学生をしているからだが」

「え……」

「なんだ、その顔。言っていなかったか？」

「初耳ですっ」

葵生が同じ大学に通っていることなど、一度も耳にした記憶がない。一気に身体から緊張が抜けてしまい、葵生の斜め前……空いているイスを指差した。

「ここ、お邪魔していいですか？」

「ああ」

葵生の許可を得て、どさりと座り込む。

とんでもなく驚いた。けれど、思いがけず葵生と逢えて嬉しかった。

複雑な顔をしているだろう征太郎に、葵生はいつもと同じ淡々とした調子で話しかけてくる。

「知らなかったのに、僕がここにいることによく気がついたな」

「そう……ですね。たぶん、どこにいても葵生さんのことはすぐに見つけられます。もちろん、リッターには負けると思いますが」

多くの学生がいる中でも、葵生はやはり目立つ。

目を惹かれるのは征太郎だけではないらしく、通りかかる学生は男女の関係なくチラチラ葵生を見ている。

カフェテラスから出てきた三人組の男子学生が、葵生の後方二メートルくらいの位置で足を止めた。

「あ……西園寺」

「誰かと一緒、ってメチャクチャ珍しくないか？　誰だよあれ」

「知らねぇ。全然見ない顔だし、一年じゃないか？」

自分のことを言われていると、わからないわけがない。征太郎にもその声は聞こえているのだから、葵生の耳にも届いているはずだ。

なのに、まったく気にすることなくストローに口をつけている。

「征太郎？」

「あ、すみません。なんか、葵生さんが使い捨てカップのアイスティーを飲んでいるのって、違和感……っていうか、意外っていうか。いえ、おかしいわけじゃないんですけど、なんか……なに言ってるんでしょう。すみません」

言葉を重ねるにつれ、自分でもなにを口走っているのかわからなくなってきた。支離滅裂だと反省しつつ、肩を落としてしょんぼりと謝る。

きょとんとした目で征太郎を見ていた葵生は、ふっと微笑を浮かべて持っていたカップをテーブルに置いた。

「なんだ、それは。面白いな征太郎」

その直後、葵生の後ろを通り抜けようとしていた三人組が動きを止める。チラチラこちらを窺いながら歩いていたのだろう。

「おい……西園寺が笑ったぞ」

「マジでっ？　ちょ……なにおまえだけ見てんだよ」

「知るか。見逃したおまえが悪いんだろ」

本人を目の前にして、無遠慮な会話を交わしている三人に、思わず目を向けてしまい……そのうちの一人と、バッチリ視線が絡んでしまった。一番目立つ、金茶色に脱色した髪の学生だ。

征太郎と目が合ったせいか、大股《おおまた》で近づいてきたかと思えば突然背後から首に腕を回してきて、耳元でコッソリと話しかけてくる。

「一年、だよな。西園寺とどんな関係？　まさか、ナンパしたってわけじゃないだろ。だとしたら、めちゃくちゃチャレンジャーだな」

「一年です。……ナンパって、なんですか。葵生さんとは、知人……です」

友人、と名乗るのはいくらなんでも図々《ずうずう》しい。知人というのも、少し違う気がするけれど……一番無難な表現だろうと、それを選択する。

葵生は周囲をあまり気にしないようだが、自分のすぐ脇で征太郎に絡みつくようにして話しかけてきた学生の存在は、さすがに気になるのだろう。

しばらく無言で傍観していたけれど、静かに声をかけてきた。

「征太郎。なにを言われた？」

「えっと、葵生さんとどのような関係ですか……と尋ねられまして、知人です、と答えましたが」

男子学生の腕を首に絡みつかされたまま、首を捻って葵生に顔を向ける。すると葵生は、ほんの少し眉を顰めて言い返してきた。

「知人……間違いではないが、ずいぶんと他人行儀だな」

「す、すみません。でも、友人と名乗るのは厚かましくないですか？」

「……おまえの好きにしたらいい」

葵生は無表情でそれだけ言い残すと、ふいっと横を向いてしまった。

なにかが気に障《さわ》ったらしいとは伝わってくるけれど、自分の発言のなにがいけなかったのかはわからない。

どうしよう……と途方に暮れた気分になっていると、征太郎の首に絡んでいた腕が離れていく。今度はその手で二の腕を摑まれ、強く引いて立ち上がらされた。

「ちょ、おまえ……こっち来い」

「はいっ？　なんですか？」

葵生がいるテーブルから二メートルほどの位置に引き離され、三人の男子学生に囲まれる。

全員征太郎より目線の位置が低くて、立ち上がったことで初めて征太郎の体格を知ったらしい三人が、驚いたように見上げてきた。

「おまえ、デカいなぁ。こうして見たら、なかなかのイケメンくん」

「西園寺ってさ、冷たいっつーか……他人に無関心で孤高って空気を纏ってるだろ。俺ら、同じ講義を取ってても気安く話しかけられねーもん。どうやったら、あんな顔させられるんだ？」

「女王様……いや、姫《ひめ》と従順な騎士って感じだよな。メチャクチャ興味深い」

三人から怒濤《どとう》の勢いで話しかけられて、征太郎はタジタジと視線を泳がせた。助けを求めるつもりで葵生に目を向けても、顔を背けたままだ。

どうやら、自力で切り抜けなければならないらしい……と覚悟を決めて、聞かれたことに答えた。

「あの、葵生さんは……マイペースですけど、冷たくないですよ。可愛い人だと思います。

姫という表現には同意しますが、騎士は別にいますので……俺は、なんだろう。なんだと思います？」

冷たい？　あんなに可愛い人に、その表現は似合わない……と否定する。

葵生の騎士は、リッターだ。自分では、リッターの足元にも及ばない。

それなら、葵生にとって自分はなんだろう……？　と、頭に浮かんだ疑問を、目の前の学生にぶつける。

ズイッと距離を詰めて目を合わせると、一歩足を引いて頬を引き攣らせて……征太郎の頭を押し戻した。

「知るかよっ。こっちが聞いてんだろ。なんなんだ、おまえ。スカしたイケメンかと思ったら、天然かっ？」

「いいキャラだな、一年……」

「こりゃ、西園寺にも平気で近づけるわけだ」

数秒の沈黙が流れ……示し合わせたように、三人が「ぶはっ」と噴き出した。笑いながらバシバシと腕や肩を叩かれた征太郎は、

「えっ、なに？　なんですかっ？」

と、おろおろするばかりだ。

この場にどう収拾をつければいいのかわからず、立ち竦《すく》んでいる背中に……誰かの手が押

し当てられた。

「征太郎。困っているか？」

「あ、葵生さん。はぁ……少し」

ホッとして、葵生に笑いかけた。

征太郎があまりにも無様におろおろしているせいで、黙って見ていられなくなったのだろうか。背中に当てられた葵生の手は、正に救いの手だ。

葵生が輪に入って来たことで、笑っていた三人がピタリと笑いを引っ込める。興味深そうに征太郎と葵生を見ていて……今度はなにを言われるのか、無意識に身構えた。

「征太郎、って言うのか。おまえ、今度飲み会に参加しないか？　絶対、この手のタイプはお姉さん方が喜ぶぞ」

真剣な顔で『飲み会』に誘われて、更なる困惑に襲われる。

さっきの会話で、どうして自分をそんな会に呼ぼうと思えるのだろう。それに『飲み会』というものには、アルコールがつきものじゃないか？

「……未成年なのでお酒は飲めませんが」

「あー、いい。気にするな。勧められても断って、ジュースでも飲んどけ。西園寺もさ、たまには飲み会に出て来いよ。学科の集まり、これまで一度も参加したことないだろ」

今度は葵生に矛先を変えて、そう誘いかける。

傍にいた他の二人が、「おお、ついに西園寺を」とか、「こやつ、どさくさに紛れて誘いおった」とコソコソ言い合い、固唾《かたず》を呑んで葵生の反応を待っていた。

葵生は、どう答えるのだろうか。征太郎も、気になる。

三人と、征太郎をぐるりと見遣った葵生は、ぽつりと口を開いた。

「……征太郎が一緒なら」

征太郎は名指しされたことに驚き、「俺？」と自分の鼻先を指差す。葵生は、子供のようにコクリとうなずいた。

金茶色の髪をした学生は、拍子抜けしたような苦笑いを浮かべる。

「おお……それは、もちろんいいけど。やっぱおまえら、ラブラブかよ」

「あまりにも臆面もなく見せつけられたら、からかおうとかって気も殺《そ》がれるよな」

「え、マジでコイツらラブラブなのか？」

「もう、それでいいんじゃねーの？　本人たちも否定しないし」

「いや、コレはどっちもよくわかってないだけだろ」

「……天然二人組って、最強だよな」

「つーか……大丈夫か、コレ？」

テンポよく言い合っていた三人の目が、征太郎と葵生をマジマジと見て……また笑われてしまった。

あまりにもオーバーアクションで笑っているので、他の学生たちが「なに？」「つっか、ウルセー」と口々に言いながら通り過ぎていく。

これは、本当にどう収拾をつければいい？　三人の会話は言葉のやり取りが速すぎて、征太郎にはついて行けそうにない。

困惑の目で葵生を見下ろすと、自然な仕草で左腕を取られる。

「征太郎、もう帰れるのか？」

「あ、はい。六時間目、休講になりましたので」

「僕ももう帰るところだから、一緒に帰ろう。今日は、うちに来る予定だったよな？　リッターが待ってる」

「は……」

葵生にうなずこうとしたところで、すぐ傍から強烈な視線を感じて顔を向けた。

あの三人が、ジッと征太郎を見ていて……目が合うと、へらりと笑いかけてくる。

「うん。やっぱ、ラブラブ……か」

「なんか平和な組み合わせだから、俺、この二人は生暖かく見守ることにした」

「そこは、普通にあったかく見守ってやれよ。安心しろ。俺らは面白おかしく言い触らしたりしないし、応援するぞ」

「つーかさぁ……コレ、故意に言い触らしたりしなくても、飲み会に一回参加したら周知の仲になるだろ」

「……だよなぁ」

またしても、きっと当事者である征太郎と葵生をそっちのけにして、三人でうなずき合っている。

会話の意味がよくわからない征太郎はともかく、葵生は……どう思っているのだろう。彼らの言葉の意味が、きちんと捉えられているのだろうか。

そっと葵生の横顔を見下ろしても、綺麗な顔に表情はなくて、なにを考えているのか読み取ることはできない。

「よし。金曜に、飲み会をセッティングするからな。征太郎と西園寺の二人も、参加決定にしておく」

ぼんやり葵生を見下ろしていたら、唐突に名前を出されてしまい、ギョッと金茶色の髪の彼に目を向けた。

金曜の飲み会に、参加決定？　それは困る。

「えっ、そんな急に……俺、バイトが」

「ああ？　じゃあ、いつならいいんだよ」

「来週の火曜でしたら……あ」

脇腹を肘《ひじ》でつつかれて葵生を見下ろすと、ジロッと睨みつけられる。勢いに圧《お》されて、迂闊に返事をしてしまったと己《おのれ》の失態に気づいても、後の祭りだ。

「わかった、じゃ、来週の火曜に決定な！　場所や時間が決まったら、西園寺に知らせておくから」

どんどん話を進めて「決定」と言い置いた金茶色の髪の学生は、後の二人となにやら言い合いながら歩いて行く。

あっという間に三人の姿が見えなくなり、葵生と二人でぽつんと取り残されてしまった。

「征太郎……」

抑揚のない声で名前を呼ばれ、

「すみませんでした！」

唖然としていた征太郎は、ようやく我に返って謝罪を口にした。

葵生は、飲み会というものに一度も参加していないと言っていた。今回も、避けたかったに違いない。

この事態は、明らかに自分の失敗だ。上手く断ることができず、最終的に葵生を巻き込んでしまった。

謝る以外に、どうすることもできず……しょんぼり肩を落としていると、ふっと息を吐いた葵生に「行くぞ」と腕を引かれた。

「決まったものは仕方がない。征太郎が責任を持って、僕のエスコートをしろ。あまり他人とは話したくない。傍を離れるな」

「わ、わかりました。頑張りますっ」

飲み会のエスコートとは、どうすればいい？

見当もつかないが、来週の火曜日までにはまだ少し時間があるから……きちんと調べておこう。

□　□　□

「あはははははっ、それでっ、二人して飲み会に参加することになっちゃったのか。っくく……是非とも、その場に居合わせたかった」

成り行きで俊貴に一部始終を語ると、容赦なく手放しで爆笑されてしまった。

征太郎は複雑な思いで、彼の笑いが収まるのを待った。

葵生はと目を向けると、ソファに腰かけている葵生の足元に寄り添ったリッターの頭を撫でている。

ほんのわずかに口角が下げられていて、機嫌がよくないな……と見て取れた。

「俊貴、今日はなんの用だ」

静かに問いかけた声も、やはり機嫌がよくなさそうで……俊貴はそれに気づいているのか否か、笑いの余韻を漂わせたまま答える。

「あー……うちのバアサンの、誕生日パーティーの招待状を持ってきた。送ってもよかったけど、可愛いハトコの顔を見たかったし……もしかして、征太郎に逢えるかなぁと思ってさ。上手く逢えてよかった。毎日、ここに来てるわけじゃないんだよな？」

「俺に……ですか？　こちらにお邪魔するのは、週に二、三回くらいですが……どうして、俺と逢おうなんて」

葵生に逢いたい、という言葉は理解できる。でも、どうして自分に？　と不思議な心地で聞き返す。

「そりゃ、葵生のマイ・フェア・レディ計画の進捗《しんちょく》を確認するため……って、レディじゃなかったか」

「……俊貴」

俊貴は、低くボソッと名前を口にした葵生にチラリと目を向けて、わざとらしく自分の口元を両手で覆う。

これまで以上に葵生の機嫌が降下したことは、全身に漂う空気がひんやりとしたことで察したのだろう。

「長居するつもりはなかったんだ。帰るかな」

葵生に「帰れ」と追い出される前に、そう宣言して立ち上がる。

足を踏み出しかけて、

「おっと、目的を忘れるところだった」

と、スーツのポケットから取り出した白い封筒をテーブルに置く。先ほど言っていた、祖母の誕生日パーティーの招待状だろう。

「よければ、征太郎もどうぞ。身内の集まり……といいつつ、最終的にやたらと大人数になるのが恒例だから、美味《うま》い飯を食いに来るくらいのつもりで葵生と一緒においで。そういやジイサン、今日も出かけてるのか」

そうだ。征太郎が西園寺のお屋敷を訪ねるのも、片手の指で数えられない回数になったけれど、まだ一度も西園寺氏と逢えていないのだ。

ハッキリとした年齢は知らないが、たぶん七十代で……なのに、ずいぶんとアクティブな人らしい。

「……ああ。俊貴に逢いたくないいんじゃないか？」

淡々と口にした葵生に、俊貴は眉尻を下げて抗議する。

「ひっどいなぁ。冗談を言う時は、笑ってくれよ」

「僕は冗談が得意ではない」

葵生がニコリともせず返すと、俊貴は大袈裟《おおげさ》に肩を落として、「さすが葵生だ」と苦笑いを浮かべた。

「まったく……傷口に塩を塗り込む手つきが、相変わらず鮮やかだな。お邪魔虫は退散するから、二人きりの時間を楽しんでくれ」

そう、俊貴に目配せされた征太郎は、

「リッターもいますので、二人と一匹ですが……もう暗いな。ボール遊びは無理だろうから、なにして楽しもうか」

正確には二人ではないと言い返して、リッターに視線を向ける。

名前を呼ばれたことで顔を上げたリッターに、どんな遊び方がいいかな？　と尋ねてみたけれど、ゆっくりと尻尾を振るだけで具体的な答えはなかった。

「天然か」

ため息をついた俊貴に呆《あき》れたような目で見られたが、自分のなにがそうさせてしまったのかわからなくて、葵生に視線を向ける。

天然。

同じことを、大学であの三人組にも言われたけれど……意味はわからないままだ。

「天然って、なんでしょうか」

「さぁ？」

葵生と顔を見合わせて、二人して首を捻っていると、俊貴が自分の手でガシガシと頭を掻《か》いた。

「……おまえら、本っ当にお似合いだよ。アホらし。帰ろ……」

またな、と言い置いて俊貴が応接室を出て行くと、妙な静けさが部屋を包んだ。

征太郎と葵生の二人……と、リッターだけでいると、沈黙が広がるのは珍しいことではない。

二人とも次々に話題を持ち出すタイプではないし、リッターは意味もなく吠えないので、たいてい静かだ。

でも、一緒にいて気詰まりだなどと感じたことは一度もない。葵生も、そうだといいのだが……。

「パーティーか」

ふっと息を吐いた葵生が、テーブルの上にある白い封筒に手を伸ばす。なにも書かれていない封筒を引っくり返し、封緘《ふうかん》の金色のシールを剝《は》がした。招待状らしいカードを取り出して、視線を落とす。

「誕生日プレゼントを用意しなければならないな。俊貴も言っていたが、征太郎も参加しないか？」

「いえっ、俺なんかがそんな図々しいことできません。だいたい、場違いでしょう」

レストランの食事でさえおぼつかないのに、パーティーなど異世界のイベントに等しい。

きっと、西園寺氏の妹というからにはそれなりの家柄で……施設の『お誕生日会』とは次元が違う催しだろう、という程度には想像がつく。

「……嫌ならいい。次の休みに、買い物につき合え」

「それくらいでしたら、お安い御用ですが」

パーティーに同伴することになれば、間違いなくそれを名目に征太郎に服や靴を買い与えようとするはずだ。

その危険を避けた……と、見透かされてしまっただろうか。

葵生は、手にしていたカードを封筒に戻してテーブルの端に置き、チラリと征太郎に視線を送ってくる。

「征太郎の誕生日はいつだ？」

「……年明けです」

「近くなったら、正確な日を教えろ。誕生日プレゼントだったら、受け取ってくれるだろう？」

「なにもいりませんよ」

即答したら、ジロリと睨まれてしまった。

せっかくの好意を無下にするようで申し訳ないが、本当に葵生からもらいたいと思うものなどないのだ。

「いらないって、いつも征太郎はそう言うが……欲しいのに手に入れられないものは、本当にないのか？」

欲しいのに、手に入れられないもの……か。

テーブル越しに葵生を見ると、真っ直ぐな目で征太郎を見据えていた。

それほど一生懸命になって、征太郎の『欲しいもの』を聞き出そうとする理由は、なんだろう？

もし、かぐや姫のように無理難題を口にしたら、どんな反応をするのかと少しだけ意地の悪い考えが頭に過る。

「物品は、ない……ですが」

迷いを残しながら言いかけて、やはりやめようかと口を噤む。

そうして逃げかけた征太郎に、葵生はようやく求め続けた答えを得られると思ったのか、身を乗り出すようにして迫ってくる。

「が？　物でなければあるんだな。教えろ」

大学で、あの三人組に囲まれていた時のことを不意に思い出した。

彼らは、葵生は他人に無関心でどうでもよさそうだと言っていたし、征太郎も人の顔色を窺うことのないマイペースな人だと思う。

でも、こんなに征太郎の『欲しいもの』にだけ興味を示すのは、何故だ？

まるで、自分が葵生の特別になったみたいだ。

そんな、恐ろしく自分に都合のいい『まるで』が思い浮かんだ瞬間、心臓がドクンと大きく脈動した。

「っ……んだろ」

心臓……いや、胸が苦しい。

葵生に一生懸命見られていると、ドキドキして……落ち着かない気分が加速して、でもこれがなにか、わからない。

真っ直ぐな葵生の視線から逃れれば、苦しさがマシになるのでは……と思うのに、目を逸らせない。

動悸《どうき》の理由は不可解だ。自分のことなのに、よくわからないことばかりで……グッと奥歯を噛み締める。

征太郎が黙っているせいか、

「征太郎」

名前を呼ぶことで、返事を催促された。

一際大きく心臓が脈打って、ズキズキする指先を手のひらに握り込む。どんな言葉で伝えたらいいのか、悩みながら口を開いた。

「……現状では、というか俺独りではどうすることもできませんが……敢《あ》えて言うなら家族かな、と。欲しいというより、憧れでしょうか」

「家族……?」

ポツリとつぶやいた葵生は、のろのろと征太郎から視線を逸らして、すぐ傍で伏せているリッターの耳元を見ているようだ。

意味を量りかねているのかと思い、言葉選びを少し変えて言い直す。

「どちらかといえば、夢……将来の目標かもしれません。欲しいもの、というには少し違いますか?」

今すぐ、具体的にどうにかできるものではない。だから、いずれそのうち……の願望だと照れ笑いを浮かべた征太郎に、葵生の反応は鈍い。

しばらく無言だったけれど、顔を上げることなくポツンとつぶやいた。

「つまらない夢、っていうか……ただの将来設計だな」

つまらない、と言いつつ葵生の頬がなんとなく強張っているように感じて、征太郎は笑みを消した。

どうしてだろう。つまらないと言った葵生は、どこかが痛いような顔をしているように見える。

「そうですね。面白みがないことは、自覚しています」

高校生の頃、同級生に話した時も呆れられたのだ。夢と言いつつ、夢がない……とか、あ

る意味では堅実なんだろうが大志を抱けよ、とか。

家族というものに憧れに近い感情を持っている理由は、自分でもわかっている。

征太郎は、物心つく前から児童福祉施設で育った。

生後間もなく、養育能力のない母親から離れて乳児院に預けられ、児童福祉施設に移り……全寮制の中高一貫校に入学するまでの十二年間、一般的とはきっと言えない環境で生活していた。

気が合う、合わないはともかく、兄弟のような関係の子供たちもいたし、自分の生まれ育ちを不幸だと思ったことはない。

ただ、彼らは『仲間』ではあっても『家族』ではないと漠然と感じていて、テレビドラマや小説に出てくる家族というものに憧れに近い思いを抱いたまま、この歳になった。

ここ一ヵ月ほどのあいだ、週の半分ほどを葵生やリッターとこのお屋敷で共に過ごし、図々しくも夕食のテーブルを葵生と囲み……まるで、憧れていた家族を得られたような楽しい日々を過ごしている。

でも、勝手に葵生やリッターを自分の願望に巻き込んでいるみたいで、少し申し訳ない気分になることがある。

葵生は、征太郎に『欲しいもの』を言わせようとして……きっと、どんなものでも買い与えようとする。

でも、「欲しいものは？」の問いに、「葵生さん」と答えられたらどうする気だろう。さすがに困惑して、「やれない」と返してくるはずだ。

それならやはり、ズルいかもしれないけれど「欲しいものはない」と言い続けて、今のままでいたいと思ってしまう。

誰といるより、葵生と……リッターと一緒に過ごす時間が楽しくて、心穏やかにいられる。この幸福に、少しでも長く身を置いていたい。欲深くこれ以上を望めば、きっと終わってしまうから。

奇妙な沈黙は、どれくらい続いただろう。

「……リッターの食事の時間だ。征太郎は、夕食をどうする？　ケータリングを取り寄せてもいいし、どこか外食に出てもいい」

そう口にしながらイスを立った葵生は、征太郎が薄《う》っすらと感じていた、どことなく傷ついたような空気を振り払っていた。

普段と変わらない調子で、夕食を共にと誘ってくれる。

「俺は……なんでも。葵生さんが好きなものに、おつき合いさせてください」

辞退してもよかったけれど、さすがにリッターと同じテーブルは囲めないのだから、征太郎が帰れば葵生は一人で食事をすることになるのだろう。

一人きりの食事が、なんとなく味気ないものだということは征太郎も知っている。

なにより葵生は、リッターの食事などの世話は面倒がらずにこなすくせに、自分のこととなれば途端に手抜きになるのだ。

今日も家政婦の女性は休みか既に帰宅しているようだし、征太郎がいなければ、簡素な栄養補助食品で自身の夕食を済ませてしまう危険もある。

征太郎が、断りを口にすることなく「つき合う」と答えたせいか、葵生はホッとした顔になった。

わずかな変化だが、ここしばらく葵生のすぐ近くで接していた征太郎にはわかる。

「……蕎麦《そば》か寿司《すし》。学校で話しているのが耳に入ったが、カレーライスのデリバリーもあるらしい。それも面白い」

どうしようか……真剣に悩んでいるらしい葵生が可愛いから、征太郎は無言で葵生を眺めて、結果が出るのを待つ。

「寿司だ。カレーはその次」

ようやく結論が出たらしく、大仕事を終えたように大きく息を吐く。

ダメだ。本当に、可愛すぎる。

堪《こら》えようもなく頬が緩んでしまい、葵生に見咎められないようにうつむいて顔を隠した。

成り行きで飲み会というものに参加することになってしまったけれど、近寄りがたいと思われているらしい葵生が本当はものすごく可愛いと他の人たちに知られてしまったら、なんとなく嫌だな……と恐ろしく心の狭い考えが浮かび、慌てて頭から追い出す。

高嶺《たかね》の花の如く遠巻きにされていたらしい葵生が、高飛車で自ら孤高を好んでいるわけではないと認識を改めてもらえるなら、いいことだろう。

征太郎は狭量な自分を嫌悪して、これまで誰にも感じたことのない奇妙な感情から目を逸らした。

その、胸の奥で澱む重苦しい不可解な思いが、独占欲と呼ばれるものだとは……知らなかったけれど。

《葵生・一》

「夜遅くなったから泊まっていけばいいと提案しても、征太郎《せいたろう》は絶対にハイとは言わないだろうな」

返答の予想がつくから、これまで誘いかけたことはない。

征太郎が帰ってリッターと二人だけになると、いつも途端に屋敷全体が気温を下げたように感じる。

慣れ親しんだ家を、こんなふうに静かだなどと思ったことはないのに、征太郎がいないだけで空気の流れや質まで違うみたいだ。

「リッター」

眠る準備をして自室のベッドに腰《こし》かけた葵生《あおい》は、部屋の隅に置いてある彼専用のベッドで伏せていたリッターを呼び寄せる。

家政婦の知人の家で生まれたリッターを、家族として招き入れて二年。祖父には、屋内に入れていたら番犬にならないだろうと苦笑されるけれど、大切な家族であるリッターを庭で寝させるなどできない。

「征太郎、家族が欲しいそうだ。ようやく征太郎の欲しいものを聞き出せたのに……望みは、僕があげられないものだった」

お座りの体勢で構えたリッターは、ジッと葵生を見上げて話を聞いてくれる。まるで人間の言葉を理解しているみたいな、キラキラとした真《ま》っ直《す》ぐな瞳だ。

葵生が落ち込んでいることを感じ取り、慰めるかのように指先を舐《な》めてくる。優しいくすぐったさに、ふっと微笑を浮かべた。

「頭の中が真っ白になって、つまらないとか……ひどいことを言った。でも、征太郎は怒らなかった」

背中を屈《かが》めると、リッターの首に両手で抱きつく。頬《ほお》や首筋をくすぐる体毛を感じながら、ギュッと目を閉じた。

征太郎は忘れているようだが、十年以上も前に一度だけ逢《あ》っているのだ。彼の印象は、子供の頃からまったくと言っていいほど変わらない。

意志の強そうな澄んだ瞳が印象的で、嘘《うそ》や誤魔化《ごまか》しは決して口にしない。媚《こ》び諂《へつら》うこともない。

長身を際立たせるかのように背筋を真っ直ぐ伸ばして佇《たたず》み、全身に纏《まと》う空気も凛々《りり》しくて端正だ。

初めて逢った頃、葵生は七歳で、征太郎は五歳……か。

並んで写った一枚だけの写真をフォトスタンドに収めて、デスクの上に飾ってあることを征太郎は知らない。

「僕は、一目でわかった。なのに……征太郎は、完全に忘れていた」

門の前に佇む長身を見上げて、目が合った瞬間にあの『征太郎』だと気がついた。

驚くほど成長していたものの面影《おもかげ》は色濃く残っていたし、纏う空気もそのままで……『征太郎』と、記憶に残る名前を本人が口にしたことで確信した。

あの時の男の子が、大きくなって逢いに来てくれたのかと嬉《うれ》しかったのに、当の征太郎は葵生のことなど欠片《かけら》も憶《おぼ》えていないようだった。

当時、征太郎は五歳だったことを思えば、仕方ないのかもしれない。

でも、葵生にとって記憶に深く刻まれた出逢いが自分だけのものなのかと、そう落胆するのは勝手なことだと……頭ではわかっているのに淋《さび》しくて、素直に「子供の頃に逢っている」と言い出せなかった。

結局、今もそのことは言いそびれたままだ。

「どうして、征太郎は特別なんだろうな?」

ずっと、友人らしい友人はいない。福を独り占めするなという祖父の言いつけを守っているから、嫌われてはいないと思うけれど、積極的に葵生と親しくなろうとする同級生はこれまでいなかった。

いつも遠巻きにされ、自分が他人に好かれるタイプではないということは、自覚している。だから、あまり深く係わろうとしなかったし、一人でも平気だと思っていた。

それなのに、征太郎だけは違う。

遠巻きにすることなく自分に接して、笑いかけ……誰かと一緒にいると楽しいのだと、そんなことまで教えてくれた。

「飲み会も……あまり行きたくはないが、征太郎が一緒ならいいか」

大学に入学して、二年が経つ。それにもかかわらず、これまであんなふうに誘われたことなどなかった。

あの三人は、征太郎が一緒にいたから、ついでに自分にも声をかけてきたのだとわかっている。

征太郎は、葵生の世界を変えるみたいだ。急激な変化は少し怖いけれど、征太郎が傍《そば》にいてくれるならそれも悪くないと思える。

「リッター……征太郎と、一緒にいたいけど」

こんな自分と、あとどれくらい一緒にいてくれるのだろう。

ポツリとつぶやくと、リッターが少しだけ頭を動かして葵生の首筋に顔を擦《こす》りつけてくる。

硬い髭《ひげ》が、チクチク痛くてくすぐったい。

「慰めてくれて、ありがとう」

征太郎が『家族に』と望む相手を見つけて、欲しいものを手に入れられるまでなら、傍にいることができるのだろうか。

「僕は、征太郎の欲しいものを、あげられないのか……」

胸の内側を、冷たい風が吹き抜けるみたいだ。

なにもあげられない自分が征太郎と一緒にいてもらうためには、どうすればいいのかわからない。

リッターのぬくもりを両腕の中に感じながら、征太郎の顔を思い浮かべて……長い時間、動くことができなかった。

□□□

同じ学科の同級生や、先輩……後輩。

その友人だという他学科の学生まで集まったということで、大学近くの居酒屋を丸ごと借り切ったらしい飲み会は、やたらと大人数になっている。

畳に大きなテーブルが並ぶ空間は、慣れないせいか少し落ち着かない。自宅は西洋風建築だし、親戚宅《しんせきたく》や祖父の関係者に招かれるパーティーも立食タイプがほとんどなので、畳に直接座ることは滅多にないのだ。

最低限の座敷でのマナーを学んではいるが、周囲の学生たちは葵生の知るマナーをことごとく無視している。

席を立って動き回るなど論外で、忙《せわ》しなく目の前を行き来する男女に戸惑うばかりだ。

大きな皿に盛られた料理を、各自小皿に取り分けて食するのは立食パーティーではよくあるので抵抗はないけれど、征太郎は「個別注文できるみたいですし、なにかオーダーしますか？」と気遣ってくれた。

それを断り、ポテトサラダに箸《はし》をつけたところで目の前に影が落ちる。

「あ、いたいた。西園寺《さいおんじ》くんと、そのお供《とも》……法学部一年の、誰くんだっけ」

テーブルの角を挟んだ斜め前に、長髪を頭の高い位置で一つ結びにした……男？　が座る。

無遠慮に顔を覗《のぞ》き込まれた征太郎は、短く答えた。

「高階《たかしな》です」

傍にいろと予《あらかじ》め言っていたとおり、葵生の隣には征太郎が座っている。入れ替わり立ち替わり、酒瓶やジュースの入ったピッチャーを手にした学生がやってくるが、葵生は誰一人として顔も名前も知らない。

ただ、あちらは一方的に葵生の名前を知っている人ばかりで、それほど目立つ学生ではないはずの自分を大勢が認識しているのは、不思議としか言いようがない。

「よし、覚えたぞ高階。西園寺を飲み会に連れ出した、功労者だ。まぁ、遠慮なく存分に飲め。……オレンジジュースだけど」

「いただきます」

征太郎は、手にしたグラスにオレンジジュースをなみなみと注がれて、律儀に口をつける。

確か、これで五杯……いや、六杯目ではないだろうか。

「征太郎。無理に飲まなくていい。それより、食べ物を胃に入れろ」

水分で腹を膨らませるのではなく、きちんと食事をしろと横から口を出す。今回は無理を言って参加させたから二人は会費不要と言われたけれど、この調子では飲み物だけで夕食を済ませる事態になりかねない。

「あ、はい。大丈夫です。これに加えて、食事ができるくらいの余裕はありますから。普段も、ジュースで腹いっぱいになったらありがたいですけど」

葵生に顔を向けた征太郎は、水分で満腹になる便利な胃ではないと苦笑する。

確かに、一緒に食事をしていても、征太郎は葵生が満腹で食べられなくなったものまで引き取ってくれていた。

この体格を維持するためには、相当量のエネルギーが必要だろうと想像はつく。

話しかけてきた学生を蚊帳《かや》の外に追い出していたことに気づいたのは、

「おお、噂《うわさ》どおりのラブラブ……。いや、なんか和むなぁ」

そんな声が、斜め前から聞こえてきたせいだ。

笑って自分たちを見ている彼に、和む？　と聞き返そうとした。が、それより早く征太郎が遠慮がちに切り出す。

「あの……葵生さんにご迷惑なので、ラブという表現は、別のものに言い換えていただけるとありがたいです」

征太郎は、苦笑いと困惑をごちゃ混ぜにしたような複雑な顔で、チラリと葵生に視線を向けてくる。

征太郎が、そんなふうに曖昧《あいまい》な表情や言い方をすることは珍しい。理由は、自分にあるようだが……。

「ラブくらいでは、迷惑になることはなにもない。征太郎は、なにが迷惑だと思う？」

葵生は、一度も嫌がったり迷惑だと主張していないはずだ。どうして征太郎には、迷惑がっていると思われているのだろう？　と疑問が湧く。

頭に浮かんだままの質問を投げかけると、征太郎は少し難しい表情で解説してくれた。

「え……っと、たぶんラブラブというのは、親密な交際関係にある男女を指した表現だと思うんです。ですから、俺と葵生さんでは適用外かと」

「ああ……男女ではないからか。他に、適した言い回しがあるのか？」

征太郎とは反対側に顔を向けて、テーブルを挟んだ斜め前に座っている学生に聞いてみる。彼が言い出したのだから、他の表現方法を知っているのでは……と期待したけれど、返ってきたのは望む答えではなかった。

「い、いやぁ……なんとも」

彼は頬を引き攣《つ》らせ、勢いよく頭を左右に振る。

神妙な顔で葵生と征太郎のあいだに視線を往復させていたかと思えば、不意に「ぷっ」と噴き出した。

「お……おもしれぇ。あいつらが言ってた言葉の意味が、わかった。コレは確かに、目の前で見ないとわかんねーわ。ビミョーに噛《か》み合っていないようでいて、それなりに会話が成り立ってるし……うーん、天然最強説か……」

クックッと笑いながらしゃべっていた彼は、最後は腕を組み、なにやら納得したようにうなずいている。

葵生は征太郎と顔を見合わせて、

「どういう意味だ？」

「すみません。俺もわかりません」

と、二人で首を捻《ひね》った。

征太郎とならこうしてきちんと話ができるのに、他の学生の言っていることは、日本語なのにたまにわからなくなる。

それは、自分たちが『天然』というもののせいだろうか。

「おまえら、本っ当にいい組み合わせだと思うよ」

うんうんとうなずいた彼は、晴れやかな顔で「末永くお幸せに！」と言い置いて席を立つ。

最後まで、なにを言っているのかよくわからなかった。

「葵生さん、次に誰かが話しかけてきたら俺がお相手しますので、食事をしてください。さっきから中断させられてばかりだ。みんな、葵生さんと話したいんですね」

そう口にした征太郎が、新しく運ばれてきた大皿に菜箸を伸ばして、葵生の目の前にある皿に大きなエビのフリッターを取り分けてくれる。

あたたかいうちにどうぞ、と笑いかけられてコクリとうなずいた。

「……ああ。では、そうさせてもらう。次は、征太郎が食べろ」

「はい」

楽しそうに騒いでいる他の学生たちを見ながら、征太郎と並んで黙々と食事をする。

知っている料理もあったが、葵生が初めて目にするものもあり……材料や調理方法について、征太郎の説明を聞きながら恐る恐る口にしたけれど、挑戦してみると美味《おい》しいものもあった。

これは……なんだろう。麺類《めんるい》の炒《いた》め物だと思うが、使っている麺の種類もソースの種類もわからない。

征太郎に尋ねようとしたのと同じタイミングで、葵生が座っているところとは反対側の征太郎の隣に、二人組の女子学生が膝《ひざ》をつくのが見えた。

「高階くん、私ら同じ学科の一年だけどわかるー？　一般教養も専攻も、いくつか同じ講義取ってるよ」

「背が高いから、入学してすぐの頃からすっごく目立ってたけど、服装とか雰囲気が変わったよね」

そう、必ず征太郎は「自分が支払える範囲で」と言って聞かなかったが、葵生の見立てた服を照れくさそうに着てくれているのだ。

チラリと目を向けると、早口で話しかけながら征太郎の腕や肩に手を触れている様子が見て取れた。

チリッと心臓のあたりに不快感が走り、「なんだ？」と視線を逸《そ》らす。

「すみません、学科に友人が少ないので……わかりませんでした。服や靴は、見立ててくれた方がいますので」

「なになに、彼女……とか？　入学早々に、やるぅ」

「高階くんてなんか大人《おとな》っぽいし、年上の彼女って感じ？」

「いえっ、彼女ではないです」

征太郎が答えると、女子学生たちはキャッキャッと声を上げて笑う。征太郎と同じ学年なら、きっと未成年だろうからアルコールは摂取していないはずだが、女性というものはたいてい饒舌《じょうぜつ》なものだ。

征太郎が彼女たちの勢いに圧《お》されているのは、葵生にもわかった。

「髪も、すっきりカットしたよね？　カフーリングとかしても、似合いそう」

「あー、私もそう思う。前髪、もうちょっと上げて……マロンブラウンか、アッシュグレイでもいいかも！」

征太郎は、どんな顔で彼女たちに応対しているのか……再び横目で見遣《みや》った葵生は、無意識に眉《まゆ》を顰《ひそ》めた。

二人が馴《な》れ馴《な》れしく征太郎の髪に手を伸ばして、指先で触れようとした瞬間、頭で考えるより先に身体《からだ》が動く。

「征太郎」

「は、はいっ」

征太郎の右腕を摑《つか》み、自分のほうに強く引いた。

葵生のほうへ身体を傾けたことで、征太郎の髪に女子学生たちの手が届かなかったことを確認して、小さく息を吐く。

「あれはなんだ。どういう味付けだ？」

「え……っと、ああ……たぶん、ですけどエスニック系の焼きそばかな。ちょっと失礼します」

一口の量を小皿に取り、自分の口に入れて味を確かめているようだ。嚥下《えんか》すると、葵生に丁寧に説明してくれた。

「麺は、米粉麺ですね。魚醤《ぎょしょう》や香草を使っているみたいですから、癖はありますけど美味しいです」

「……食べてみる」

「はい。では、お取りします」

葵生の言葉に笑って、新しい小皿に菜箸で取り分けてくれる。

左側にいる女子学生から完全に意識を逸らしたせいか、彼女たちは「行こっか」「……ねぇ」と目配せをし合い、座っていた征太郎の脇から立ち上がった。

二人がいなくなったことにホッとした葵生は、自分が征太郎の腕を掴んだままだったことに気づいて、そろりと離した。

なんだろう。もやもやして……気分が悪かった。征太郎に触られたくなかった。

でも、征太郎の気を強引に自分へと向けさせて、彼女たちを追い払うみたいなことをした自分も……ちょっと嫌だ。

「葵生さん？　やっぱりやめておきますか？　エスニックに使われている香草って、苦手な人はとことんダメみたいですし」

「いい。大丈夫だ。……征太郎」

「はい？」

征太郎から小皿を受け取り、テーブルに置いて隣を見上げる。答えた征太郎と目を合わせて、おずおずと尋ねてみた。

「髪……、色を変えるのか？」

「いえ、変える予定はありません。あ、葵生さんは変えたほうがいいと思いますか？　それなら、検討してみますが……」

自分の前髪を一房指先で摘《つま》み、葵生の意見を求めてくる征太郎に、首を横に振って見せた。

「変えるな」

女子学生の言葉にまったく揺らぐ様子はなく、その予定はないと即答してくれたことにホッとする。

しかも彼女たちの意見に添う気はなくても、葵生が言えば検討するつもりらしい。

「征太郎はそのままがいい」

「はい。葵生さんがそう言うなら、やっぱり変えません」

迷わず言い切ってくれたことに、じわりと胸の奥が熱くなる。

うん、とうなずいた葵生は、征太郎が取り分けてくれた小皿を手に取って箸をつけた。

それからはあまり話しかけてくる人もいなくて、思い思いに会話を交わしている周囲のざわめきを聞きながら、食べ慣れないものを少しずつ口にする。

征太郎に話しかける女子学生二人組に、奇妙な引っかかりを感じることもあったけれど、初体験の『飲み会』はその場に身を置くと悪いものではなかったと思う。

傍に、征太郎がいてくれたから……かもしれないが、帰り際に、「西園寺のおかげで、いつになく盛り上がった！　また誘ってもいいか？」と聞かれて、うなずきを返した程度には楽しかったと言えるだろう。

もちろん、うなずいた直後に「征太郎と一緒なら」という注釈をつけ加えるのは、忘れなかったが。

解散となって居酒屋を出る頃には、二十二時が近くなっていた。疲れを感じたので二次会の誘いは断って、自然に征太郎と肩を並べて歩く。

リッターには家を出る前に夕食を与えてきたが、こんな時間まで葵生が自宅を空けることなど滅多にないので、不安がっているかもしれない。早く帰りたい。

「遅くなりましたので、家まで送ります。タクシー乗り場は……」

「タクシーは、酔う。歩く」

駅前に待機しているタクシーに向かおうとした征太郎の袖口《そでぐち》を、ギュッと摑んで引き留めた。

それほど多くアルコールを飲んだわけではないのに、少し気分が悪い。

年に数回参加するパーティーでは、シャンパンやワインを口にする機会がある。これくらいなら平気だろうと思って、カクテルを注文したのだが……使われていたのが、あまり飲んだことのないタイプのアルコールだったのかもしれない。

歩いて帰る……と口にした自分は、自覚しているより酩酊《めいてい》状態なのだろう。

「歩くって……ここからだと、一時間以上かかります」

驚いたように征太郎にそう言われて、「そうなのか」とつぶやいた。

距離感や方向感覚が、よくわからなくなっている。

「せめて、電車に乗りませんか？　電車も無理そうですか？」

心配そうに顔を覗き込んできた征太郎に、甘えているな……と自覚しつつ、そっと首を横に振った。

これでは、どの問いに対しても肯定とも否定とも取れる曖昧な仕草だ。きっと、征太郎を困らせている。

きちんと言葉で伝えなければ……と、ポツポツ口を開いた。

「征太郎が一緒なら、電車はたぶん平気だ」

「わかりました。もし途中で気分が悪くなったら、我慢せずに言ってくださいね」

「ん……」

嫌がる素振りを見せられなかったので、征太郎のシャツの袖口を指先で摘んだまま駅に向かう。

切符を購入する時も、電車に乗り込む時も、自然に葵生を庇《かば》ってくれているのが伝わってきた。

征太郎は、女性に人気がある。先ほどの居酒屋でも、遠巻きにされて話しかけられなかった自分とは違い、何度か女子学生が隣に座ろうとしていた。

それらを、やんわりと断ってずっと自分に寄り添っていてくれたけれど、征太郎は本当にそれでよかったのだろうか。

「葵生さん？　気分、悪くないですか？」

ずっとうつむき加減で黙っているせいか、心配を含んだ声で話しかけられてのろのろと顔を上げる。

「顔色が……あまりよくないですね。エスコートすると約束したのに、飲み会の途中で気がつかなくてすみませんでした」

そっと指先で頬に触れられて、ビクッと肩を揺らした。

自分でも、過剰反応だった……と思ったが、慌てたように手を引いた征太郎が謝罪を口にする。

「あっ、すみません、不躾《ぶしつけ》に触れたりして……」

「構わない」

他人とほとんど接触をすることがないので、他の人間なら嫌な気分になったかもしれないが……征太郎に触れられるのは、不快ではない。

俊貴にもよく言われることだけれど、葵生は自分の思いを言葉にするのが上手《うま》くないので、征太郎にきちんと伝わっていないかもしれないのが不安だ。

「征太郎なら、いいんだ」

少し間が空いてしまったけれど、そう続けて征太郎を見上げる。

視線が絡み、ふっと表情を消した征太郎が何故《なぜ》か葵生から目を逸らした。

なにか……失敗しただろうか。

自分の位置からでは、征太郎の横顔が少しと顎《あご》のあたりしかきちんと目に映せないのが、もどかしい。

これまで、他人などどうでもよかった。誰にどのように思われていようと、気にならなかった。

敵意も好意も、必要以上に向けられなければ害はないのだから、他人との間にある一定の距離は幸いだった。

でも、征太郎だけは例外だ。

子供の頃のもどかしさを引きずり続けているかのように、なにを思っているのか……どう考えているのか、知りたくてたまらない。

葵生のペースを乱すのは、いつもたった一人。征太郎だけだ。

それきり征太郎は口を噤《つぐ》んでしまったので、葵生も唇《くちびる》を引き結ぶ。ただ、電車が大きく揺れた時は、さり気なく手を伸ばして葵生を支えようとしてくれた。

「もう少しで駅に着きますね」

「……うん」

ようやく話しかけてくれたけれど、顔はそっぽを向いたままで……これは少し淋しいな、と足元に視線を落とした。

《葵生・二》

「リッター、今日は待っていても征太郎は来ないぞ」

葵生が征太郎の名前を口にしたせいか、頭を上げたリッターは大きな耳をピクピクと震わせた。

せっかくの日曜なのに、夕方からアルバイトのシフトが入っているらしい。それならランチを一緒に取って、アルバイトの時間までリッターと遊んでくれればいいと提案してみたけれど、日中は用事があると残念そうに断られてしまった。

時計を見ると、さっき時間を確認した時から三十分しか経っていなかった。時間の進みが、やけにゆっくりとしているみたいだ。

征太郎が来るようになるまでは、リッターと二人だけでいることが日常だったのに、今ではそんな休日に物足りなさを感じる。

「おまえも淋しいか？　遊び相手が僕では、不服なんだろう」

全力で走り回ったり、じゃれ合って庭を転がることができる征太郎の訪問を、リッターは待ち侘《わ》びている。床に顎をつけて眠っているような体勢でいても、かすかな物音に反応してピクッと頭を上げるのだ。

もし、リッターが人間の言葉をしゃべることができるなら、葵生に「征太郎はまだ？　いつ来る？」と何度も尋ねてくるだろう。

ふっと笑ってリッターの頭に手を置いたと同時に、インターホンが鳴って訪問者の存在を知らせてきた。

「誰だ？」

来客の予定はなかったはず……と訝《いぶか》しみながら、壁に取り付けてあるモニターに向かう。

モニターに映された小さな人影を確かめようとしたら、カメラを見上げて手を振っている男が目に飛び込んできた。

この男は……嫌というくらい、見覚えがある。

「俊貴《としき》、か。なにしに来たんだ」

高性能のカメラは、ハッキリと俊貴の姿を写している。

不審者とまでは言わないが、葵生にとっては招かれざる客だった。子供の頃から、このハトコがものすごく苦手なのだ。

『葵生ちゃーん。見てる？　門、開けて』

高感度マイクは、ふざけた調子で名前を呼びかけてくる声も明晰《めいせき》に拾い、葵生の眉間《みけん》の縦《たて》皺《じわ》を深くさせた。

「……用件は？」

ようやく葵生が反応したせいか、モニターに映る俊貴は嬉しそうに笑って答えた。

『用がなきゃ、遊びに来たらダメなのかよ。冷たいなぁ。開けてよ』

カメラを見上げたまま両手を目元に当てて、「しくしく」と泣き真似《まね》をしている。これが、二十七歳の男の仕草……と思えば、頭が痛くなってきた。

しかも、通行人に目撃される可能性がある路上だ。防犯カメラに向かっての独り芝居は、恥ずかしくないのだろうか。

「開けるから、勝手に入れ」

相変わらずとしか言いようのない言動に、大きなため息をついて門扉のセキュリティロックを解除した。

結局、葵生はいつも最終的には俊貴の要求に従ってしまう。これも、俊貴に対する苦手意識が蓄積していく要因の一つになっているはずだ。


「今日は、征太郎は？　来てないのか？」

応接室に通した俊貴は、馴染み切った様子でソファに腰を下ろす。リッターはいるのに征太郎の姿が見えないせいか、「番犬が足りないぞ」と笑っている。

テーブル脇に立った葵生が、無言でテーブルの真ん中にコーヒーのペットボトルを置くと、苦笑して見上げてきた。

「いやぁ……五百ミリリットルのやつならともかく、このサイズのペットボトルだと、グラスが欲しいな」

「我儘《わがまま》を言うな」

それだけ言い返して、テーブルを挟んだ向かい側のソファに腰を下ろす。

グラスを寄越せなどと文句を言っていたくせに、俊貴はペットボトルのキャップを捻り開けて豪快に口をつけた。

やはり、グラスなど不要だったのではないか。

俊貴は、三分の一ほど喉《のど》に流したペットボトルをテーブルに置き、葵生と目を合わせて笑いかけてきた。

「で、征太郎は?」

先ほどの質問を、なかったことにする気はないらしい。真正面から切り込まれると無視することはできなくて、仕方なく返答した。

「アルバイトと、所用があるらしい」

「ふーん、じゃあ今日の葵生は暇なんだな。デートしようか」

ピクッと眉を震わせた葵生は、なにを考えているのか読めない、不気味な微笑を浮かべた俊貴を睨《にら》みつけて聞き返した。

「デート？」

俊貴にはよく世間知らずの箱入りだと言われるが、葵生もデートがどんなものかということくらいは、知っている。

そして俊貴と自分は、その単語を適用する関係ではない。

「……誰が、誰と」

低く口にした葵生は、露骨に嫌な顔と声をしているはずだが、俊貴はまったく気にする様子もなく答えてくる。

「俺と、葵……」

「お断りだ」

葵生、という俊貴の言葉が終わるかどうかのところで、短く拒絶した。

いつになく機敏な反応だったせいか、俊貴は「おいおい」と苦笑して、わざとらしく眉尻を下げる。

「ちょっとくらい考えろよっ。デートって言うのは冗談だけど、買い物に誘う気でここに来たのは本当だからな」

「どうして、僕が俊貴と買い物に？」

不満というより、不思議になって質問を返す。

複数いるハトコの中でも、俊貴は子供の頃からなにかと葵生を構いたがる。他のハトコたちは、葵生がろくに反応を示さずにいると「つまんない」と言い残して背を向けるのに、俊貴はなにが楽しいのか笑って話しかけてくるのだ。

子供の頃からこんな感じなので、葵生が色よい返事をしないということは予想がついているはずなのに、未《いま》だに懲《こ》りも飽きもせずに何度も誘いかけてくる変わった人間だ。

質問しながら断るつもりだという空気を感じ取っているのか、俊貴は苦笑を滲《にじ》ませて葵生の「何故」に答えた。

「バアサンの誕生日プレゼント、もう用意したか？　インポート物を中心に扱うアンティーク雑貨の店を見つけたんだけど、俺もそこで買い物をするつもりだから、よければ一緒に覗いてみないか？　ってお誘いだ」

それは……正直言えば、助かる。

誕生日パーティーに招かれたのはいいが、彼女への誕生日プレゼントをなににするか、見当もついていなかったのだ。

征太郎を連れて買い物に出かけてみたものの、自分も征太郎も女性の好むものはわからなくて二人して途方に暮れてしまい、なにも買えずに帰宅した。

礼儀としてパーティーの参加を断ることはできないし、手ぶらで顔を出すなどと無様なことはもっとできない。

最終手段として、花束を抱えて行こうかと思っていたけれど、通り一遍の花束は無難過ぎて面白みがないだろうし……飾り切れないほど用意されているだろうから、葵生が持参したものなど埋没するのが目に見えている。

もちろん、それでも彼女は喜んでくれるとは思うが、せっかくなら本人の好みに少しでも添ったプレゼントを贈りたい。

俊貴の思惑にまんまと乗るのは、なんだか悔しいけれど……不要だと突っぱねるには、惜しい誘いだった。

「ふっ……俺と一緒に出かけるのは嫌だけど、バアサンのプレゼントが用意できるなら妥協するしかない。でもなぁ……って葛藤が全部顔に出てるぞ。珍しいな。いろいろ素直な征太郎に、感化されたか？」

「……さぁな」

またしてもからかおうとする俊貴から顔を背けて、ポツリと返した。

俊貴と出かけるのは気乗りしないが、やはりそのインポートアンティーク雑貨の店で買い物をしておいたほうがいいかもしれない。

パーティーの直前になって、焦ってプレゼントを探し回った挙げ句、おざなりな間に合わせのものを贈るのは避けたい。

「仕方ないから、つき合ってやる」

グッと拳《こぶし》を握って顔を上げた葵生は、挑むような気分で俊貴をジッと見据えて、渋々口を開いた。

言葉の意味をすぐに捉えられなかったのか、しばらく無言で目をしばたたかせていた俊貴は、不意に笑い声を上げる。

「あははは っ、そ……そうだな。じゃ、つき合ってもらうか」

葵生の言動は、俊貴にとってなにかとおかしいものらしい。いつもこうして、無遠慮に笑われるから嫌なのだ。

ムッと唇を引き結んでソファから立ち上がった葵生に続き、「置いて行くなよ」と言いながら俊貴も腰を浮かせる。

葵生と出かけるなら自分が車を運転するのだから、置いて行かれるわけがないことはわかっているはずなのに……わざと、ふざけた言い回しで口にしているのだ。

一歩高い位置から見下ろし、余裕を滲ませた顔や声で葵生をからかってばかりで……酔狂な男だ。

遊んでくれる友達は、いないのだろうか。ここ最近は、妙に気に入ったらしい征太郎を巻き込もうとするのが、更にタチが悪い。

リッターに「留守番していてくれ」と言い含めていると、応接室を出ようとしていた俊貴が足を止めて尋ねてきた。

「そういやジイサンは、今日もいないのか」

「……不在だ。しばらく戻らない」

このところ、顔を合わせるたびに繰り返している会話だった。

どう返してくるか……少し身構えていたけれど、俊貴は常態化している祖父の不在を不審に思っていないらしい。

「まあ、そう簡単に逢える人じゃないよなぁ。政財界の大物でさえ、ジイサンとの会談の約束を取りつけるには、二ヵ月待ちだっけ？」

そう苦笑して、葵生に同意を求めてくる。

うん……とうなずいた葵生は、征太郎を相手に似たようなやり取りをした時のことを思い出して、頬を緩ませた。

「征太郎にそれを言ったら、肩を落としていた。そんな方に、明日明後日に逢ってもらおうなんて、無謀でした……だと」

初日、突然訪ねてきて逢いたいと訴えたことを思い出してか、「俺、メチャクチャなことをしたんですね」と頭を抱えたのだ。

逢う約束を取りつけるのが簡単ではないと思い知ったのか、最近は「西園寺さんは在宅ですか」と尋ねてくることもなくなった。

「はは、知らないって最強だよな。俺みたいな若造は、親戚でもなければ直接口を聞くこともできない存在だ。なにがどうなって、征太郎に奨学金を援助する気になったのか知らないけど、征太郎はいろんな意味で大物だよ」

「援助の経緯は……僕もよく知らない」

だから、俊貴に語ったのは『おじい様が征太郎に奨学金を援助している。その縁で、知り合った』という、簡潔な事実だけだ。

「まぁ、自分……か、葵生にプラスになる存在だと思ったのかもな。あの人のことだから、無意味に支出はしないだろう。まさか、隠し子ってわけでもないだろうし」

最後の一言は、余計なものだ。

茶化した台詞《せりふ》にムッと眉を顰めた葵生は、俊貴を睨んでポツリと言葉を投げた。

「それ、おじい様に直接言えたら俊貴を見直してやる」

「無理無理無理、そんな勇気はない。お茶目な冗談だよ。ふざけた俺が悪かった。真顔で恐ろしいことを言わないでくれ」

祖父には敵《かな》わないと、俊貴自身も言うとおり本気で怖い存在らしい。それなら、ふざけた冗談を言わなければいいのに……変な男だ。

「頼むから、ジイサンには内緒にしておいてくれよ」

頬を引き攣らせてそう言った俊貴は、ジャケットのポケットから車のキーを取り出しながら葵生を見下ろして歯切れ悪く話しかけてきた。

「あー……もう、すぐに出られるか？　それなら、車、正面に回しておく……けど」

話題転換とこの場からの逃げを図ったようだが、葵生も祖父の話から逸れることができるのはありがたい。

「……上着と財布だけ、取ってくる」

応接室を出て自室に向かうため俊貴に背を向けると、ふっと緊張を解いた。

祖父が不在だと言い続けるのは、そろそろ限界かもしれない。

「もう、いい頃合いだと思うけど……」

嘘をついたり、言葉で上手く誤魔化したりするのは得意ではないのだ。

そう葵生が弱音を吐いても、工夫してなんとか切り抜けろとしか言わないだろう祖父の顔を思い浮かべて、大きなため息をついた。

□□□

「いいものが買えて、よかったな」

俊貴は華やかなステンドグラスの卓上ランプを、葵生は繊細な金細工の栞《しおり》セットを購入して、雑貨店を出た。

読書が好きな彼女にピッタリだと思ったのだが、気に入ってくれればいい。

「ああ……俊貴と出かけた甲斐《かい》があって幸いだ」

「なーんか、引っかかる言い方だなぁ」

そんなふうに言いながら、俊貴は楽しそうに笑っている。

店に入る前も、店内でも、店を出てからも、年齢不問で女性たちがチラチフ俊貴に視線を向けている。

ふざけた台詞で人をからかってばかりの、悪趣味で子供じみた男とばかり思っていたけれど、世間的にはいい男なのだろうな……と認識を改めた。

葵生から見れば征太郎のほうがいい男だと思うのだが、年齢による余裕や立ち居振る舞いを加味すると、女性たちの軍配は俊貴に上がるかもしれない。

葵生がそんなことを考えているなど知る由《よし》もない俊貴は、車を停めてあるパーキングの脇を素通りする。

「俊貴、パーキングを通り過ぎた」

まさか、車を駐車している場所がわかっていないわけはないだろうけど……。

不思議に思いながら一歩前を歩く俊貴に声をかけると、歩くスピードを落としてチラリと葵生を振り向いた。

「用だけ済ませて帰宅って言うのも味気ないし、アフタヌーンティーでもしないか？　葵生は確か、コーヒーより紅茶だよな？」

「せっかくの誘いだが、遠慮する。帰って、リッターと昼寝するほうがいい」

「……ツレナイお言葉だこと」

誘いを一蹴《いっしゅう》すると、俊貴は苦笑して歩道の脇に寄り、歩みを止める。前方を指差しながら、懲りずに誘い文句を重ねた。

「すぐそこなんだけど。厳選された農園指定のダージリンと、店主の手作りスコーンの店。イギリスから輸入した濃厚クロテッドクリームと果実がゴロゴロしたブルーベリージャムを、熱々の焼きたてスコーンに添えて出してくれる」

「…………」

具体的に並べられたものを想像すると、それでも帰ると方向転換するのに躊躇《ためら》ってしまった。

農園指定のダージリンには興味があるし、クロテッドクリームとブルーベリージャムを添えた焼きたてスコーンも魅力的だ。

葵生が迷っていることは、俊貴にはお見通しなのだろう。急《せ》かすことなく、答えを待っている。

「すぐそこって、どれくらいだ？」

「本当に、すぐ近くだよ。五分もかからない」

葵生の中の天秤《てんびん》が、『行く』という選択肢に傾いたことが見て取れたのか、俊貴は止めていた歩みを再開させようと身体の向きを変えた。

釣られて一歩足を踏み出した直後、商業ビルから出てきた親子連れを目にしてビクッと身体を硬直させた。

若い母親が乳児を抱き、父親が荷物を持って寄り添っている。特に珍しいわけではない、親子連れの光景だ。

ただ、父親と思った人物が……よく見ると、葵生のよく知る青年だっただけで。

「あれ、征太郎じゃないか？」

俊貴もそのことに気づいたらしく、葵生を振り向いて話しかけてくる。尋ねるのではなく、確認と同意を求める口調だ。

葵生は、なにも言えない。目の前の二人から、視線を逸らすこともできない。

自分たちを見詰める目があることに気づかないらしく、親子連れは葵生たちがいる場所とは逆の方向へゆっくりと歩いて行って……人混みに紛れた。

「葵生？　なに呆然《ぼうぜん》としているんだ？　まさか、征太郎の子じゃないだろ」

俊貴に笑いながら軽く肩を叩《たた》かれたことで、ようやく硬直が解けた。

足元に視線を落とした葵生は、ポッリとつぶやく。

「……そんなことは、わからない」

「おいおい、下手《へた》な冗談だな。あいつが、学生の身で無責任なことをするタイプじゃないことは、おまえのほうが知ってんじゃないか？」

曖昧に首を振り、クルリと回れ右をした。アフタヌーンティーを楽しもうなどという考えは、綺麗《きれい》さっぱり消え失せている。

「葵生？　……帰るか？」

「うん」

短い問いにコクリとうなずきを返して、先ほど通り過ぎたパーキングに向かって早足で歩き出す。

俊貴に言われるまでもなく、征太郎の子供ではないことくらいわかっている。でも、葵生にとっては理想の『家族像』を見せつけられたのと同じだった。

征太郎が口にした、欲しいもの。

躊躇いがちに、少し照れたように言った『家族』という言葉の意味が、葵生はわかっているようでいながらきちんと理解できていなかった。

つい先ほど目にした、若い女性と乳児と征太郎の三人は、端から見れば違和感のない『家族』に違いない。

視界に入った瞬間は言葉では言い表せない衝撃が走ったのだが、少し冷静になったところで葵生の頭に浮かんだのは、「なるほど」という奇妙な納得だった。

征太郎が言っていたのは、こういうことか……と、ストンと腑《ふ》に落ちたのだ。

あれは正しくスタンダードな『家族』の姿で、葵生ではどんなに頑張っても征太郎にあげられないものだ。

あんなに知りたかった、征太郎の『欲しいもの』。知らなければよかった……と思ってしまった自分にも、ショックだった。

頭の中が真っ白になり、ただ機械的に足を動かしてパーキングに入ると、俊貴の車に乗り込む。

助手席のシートに座り、動くのを待っていたけれど……俊貴は、どうしてエンジンをかけたきり車を発進させないのだろう。

その疑問の答えは、身を乗り出してきた俊貴によってすぐに与えられた。

「葵生、シートベルトして」

「あっ、うん」

目の前にあるメーターパネルに、シートベルトの未着用を示すサインが灯《とも》っている。慌てて身体の左側に手を伸ばして、シートベルトを引き出した。

装着するとすぐに車が動き出し、ホッと息を吐く。

早く帰りたい。リッターを抱いて、弱音を聞いてもらって……ゴチャゴチャに混乱している頭を整理したい。

自分がこれほど動揺している意味がわからなくて、動揺していること自体に狼狽《うろた》えている。もう、めちゃくちゃだ。

「……葵生？　いつにも増して怖い顔になってるけど、征太郎が女連れだったことがそんなにショックか？」

「そんなのではない」

「まぁ、さっきのあれは色っぽい雰囲気は皆無だったけど、今の征太郎なら女が放っておかないだろうから、彼女ができるのも時間の問題だろうし……ああいう生真面目《きまじめ》なタイプは、割と早くに家庭を持ちそうだよなぁ。優良物件を発掘する女の勘と目は、ハワード・カーター並みだ」

相槌《あいづち》を打つこともできず、俊貴から顔を背けて車窓を流れる街の風景を睨みつけた。

全身でなにも話したくない、聞きたくないというアピールをしているつもりなのに、俊貴は軽い口調で言葉を続ける。

「しかも、最初の田舎《いなか》っぽいダサダサくんが嘘みたいに、いい男になったもんな。人間、見た目じゃなく中身だ……って言うけどさ、やっぱ見た目の印象も大きいってことだ。もとの素材がよかったとはいえ、葵生の勝ちかなぁ」

「頭が痛い。黙っていろ」

不機嫌に告げると、さすがに俊貴でもそれ以上無駄話をしようとはしなかった。

黙れと言ったのは自分なのに、車内が静かになると息苦しいくらい重い空気が漂う。

黙れなどと、俊貴に八つ当たりするんじゃなかった。

そう後悔しても、今更「なにかしゃべれ」とは言えなくて、ただひたすら早く自宅に着くよう祈る。

見慣れた大きな門が見えてきた時には、心の底から安堵《あんど》した。

「……具合悪そうだし、玄関先で葵生を降ろしたらおとなしく帰るよ」

「門の前でいい」

「でも」

「そこで降ろせ」

頑《かたく》なな葵生に、俊貴はもうなにも言おうとせずにハザードランプを点《つ》けて道端に停車する。

さすがの俊貴も、我儘ばかり口にする葵生に呆《あき》れたのかもしれない。

「頭が痛いなら、おとなしく寝てろよ。またな」

運転席にチラリと目を向けると、そう言いながら笑って頭の上に手を置かれた。

不機嫌に、「子供扱いするな」とつぶやいてその手から逃れたけれど、呆れられていないようでホッと肩の力を抜いた。

拒絶しておきながら、変わらない笑顔に安心するなど、矛盾していると自分でも思う。俊貴も、征太郎も……いつか、こんな面倒な人間から離れていくのではないだろうか。

一人が淋しいなどと感じたことなどなかったのに、この一ヵ月くらいで急に弱い人間になってしまった気がする。

通用門を入り、庭をゆっくり横切って玄関扉を開けると、リッターが行儀よくお座りをして待ち構えていた。

「ただいま、リッター」

しゃがんで頭を撫《な》で、そっと両手で胸元に抱き寄せる。

気が抜けたのと同時に、膝からも力が抜けてしまった。しばらく動けそうにない。

玄関で座り込んだまま動かない葵生に、リッターは文句一つ零《こぼ》すことなく気長につき合ってくれた。

自分だけは、ずっと葵生の味方をするから……と、なにもわからないはずのリッターに慰められているみたいで、抱き締める手を離せなかった。

《葵生・三》

どうしてだろう。

今日は、征太郎の顔をきちんと見られない。

葵生がほんの少し視線を逸らして、正面から目を合わせようとしないことは、征太郎にも察せられたのだろう。

庭で、テニスボールを使ってリッターと遊んでいた征太郎が、

「ごめん、リッター。ちょっと休憩」

とボールを手の中に握り込み、玄関前にいる葵生に駆け寄ってくる。

すぐ前で立ち止まった征太郎に、冷蔵庫から取ってきたスポーツ飲料のペットボトルを無言で差し出した。

征太郎は、「ありがとうございます」と笑いかけてきたけれど、目が合う直前に顔を背けてしまった。

「葵生さん、今日は少し……雰囲気が違いますね」

機嫌が悪いのかとか、なにを怒っているのだとか、征太郎は絶対にネガティブな尋ね方を

しない。

計算ではなく、自然と葵生を気遣ってくれているのだと、最近になって薄《う》っすらと感じ取れるようになった。

俊貴が言っていた、「征太郎のことは女性が放っておかない」という言葉の意味が、実感を伴って納得できる。

「別に……普通だ。いつもと変わらない」

「具合が悪いのに、無理をしているわけでは……」

「ない。違う。征太郎が気にすることではない」

無愛想に言い放ち、足元に座っているリッターの頭を撫でる。征太郎が履いているシューズは、初日に見たものと同じだ。

少し前に葵生が、「リッターと遊ぶなら、これを履け。靴裏の溝の浅いシューズは滑って危険だ」と渡したものではない。

戸惑いを含んだ笑みを浮かべて、「ありがとうございます」と受け取った征太郎は、あの靴が気に入らなかったのだろうか。

靴だけでなく、似合いそうだと思って渡した服も、葵生が与えようとするものを、征太郎はいつも拒もうとする。

いらない、不要というより、今の自分は充分に間に合っていて必要ではないから……と苦笑するのだ。

それは、やせ我慢ではなく本音なのだろうけど、自分やリッターも征太郎にとっては『必要ではない』存在なのではないかと、ふと胸の中心を寒風が吹き抜けるような感覚に襲われることがある。

「征太郎、この前の日曜は……」

「はい？」

「いや、いい」

どこで、誰と逢っていたのだと尋ねようとして、撤回した。

葵生が、こんなふうに歯切れ悪く言いかけてやめることは珍しいせいか、征太郎は戸惑ったように口を開く。

「俺に、なにか気になることがあるのでしたら、遠慮なく言ってください」

「なにもない」

本当に、征太郎に問題があるわけではないのだ。問題があるとしたら、それは葵生に……だろう。

日曜に征太郎と女性、乳児の三人を見かけてからずっと、モヤモヤとした奇妙な塊が胸の奥に巣くっている。

征太郎の顔を見れば消えるかもしれないと期待していたのに、逆にモヤモヤが育っているみたいだ。

「……電話が鳴っている」

屋敷の奥から聞こえてくる電話の着信音に、この場から離れることのできる言い訳をもらってホッとした。

けれど、踵《きびす》を返して玄関の中に入ったところで呼び出し音が途切れてしまう。留守番電話に切り替わってしまったのだろう。

回れ右して庭に戻るか迷っていると、再び着信を知らせる音が廊下に響いた。

「……急用か？」

葵生は一応スマートフォンを所持しているけれど、在宅の際は自室の机にある充電器に置きっぱなしにしてある。

通信手段としてほとんど役に立たないので、固定電話を鳴らすしか葵生に連絡を取る術《すべ》はない。

こうして何度も呼び出し音を鳴らすということは、それを知っている人物……もしくは、早急に連絡を取らなければならない重要性があるということだ。電話の応対が苦手だなどと避けずに、受話器を取らなければならない。

急かすように鳴り続ける着信音に小走りで廊下を進み、一番近くの応接室にある子機を手に取った。

「はい。西園寺」

短く応答して耳を澄ませると、あちらの様子を探る。受話器の向こうからは、ザワザワと大勢の人の気配を感じた。

『中央病院、西棟を担当しております看護師長の平井《ひらい》と申します。西園寺胤次《たねつぐ》さんのご親族ですか』

「はい」

病院の看護師を名乗る女性の声に、心臓がドクンと大きく脈打った。ドク……ドク……耳の奥で、やけに大きく響いている。

『西園寺さんですが、昨日から少し発熱しているんです。ご本人は、連絡しなくていいと言い張っているんですが……念のため、お知らせしておいたほうがいいかと思いましてお電話を差し上げました。緊急性のある容態ではなく……』

女性は話し続けていたけれど、受話器を耳から少し離してジッと壁を凝視《ぎょうし》する。

このところ、征太郎のことばかり考えていて祖父に逢いに行っていない。一番最近でも、一週間ほど前になる。

また来ます、と言い置いて個室を出ようとした葵生に、祖父は自分のことは気にするな、勉学に励めとぶっきらぼうに答えて、膝の上に広げた英字新聞へと視線を落とした。それきり、葵生を無視して新聞をバサバサ捲《めく》った。

不器用な、祖父らしい照れ隠しだ。

素直に逢いに来いと言えないだけで、葵生が顔を出すとほんのわずかに頬を緩ませることを知っていたのに……。

「すぐに向かいます」

電話の向こうに短く伝えて、通話の終了ボタンを押した。

その子機を握ったまま廊下に出て、玄関に走ろうとして……この状態で駆け出してどうやって辿《たど》り着く？　と立ち止まる。

もどかしい。どうすればいいのか、知っているはずなのに頭の中が真っ白だ。

誰か。誰か……誰に助けを求めればいい？

混乱したまま、ふらふらと玄関先に歩いて行く。そこに行けば……自分の味方をしてくれる存在があると、無意識に足が動いた。

顔を上げた葵生の目に映ったのは、長身の男と、ピンと耳を立ててこちらを窺《うかが》っている凜々しい獣。

どちらも、自分にとって特別な存在で……激しく波立っていた心が、少しだけ凪《な》ぐ。

「葵生さん？　どうかしましたか？　顔色が……真っ青だ」

リッターと共に玄関先に立っていた征太郎が、駆け寄ってきた。真剣な眼差《まなざ》しで葵生を見下ろしながら、グッと両手で肩を摑んでくる。

「なにか言ってください。葵生さん！」

目が合うことを、あんなに恐れていたのに……征太郎と視線を絡ませると、無意識に緊張を張り巡らせていた身体から力が抜けた。

握っていた電話の子機が廊下に落ちて、ゴトリと鈍い音を立てる。

「電話機、落ちましたよ。さっきの電話……どなたからでしたか？　教えてください」

「ぁ……」

いつになく強い口調で促されて、そろりと唇を開きかけた。声を出そうとしたのに、喉の奥に詰まったみたいになっていて上手く話せない。

もどかしくて、両手で喉元を引っ掻《か》こうとしたが、「ダメです」と征太郎の手に強く握られて制止された。

「ゆっくりでいいので、まず深呼吸をして……俺の名前、呼んでください」

そう口にした征太郎は、真っ直ぐな目で葵生を見ている。落ち着いた声は、葵生の動悸《どうき》を少しだけ治めてくれて……握り締められた手から伝わってくる体温が、ざわつく胸を鎮めてくれる。

「ふっ……、せ……いたろ」

震える息をついた葵生は、

「はい。どうしたんですか？」

掠《かす》れた、無様な小声で征太郎の名前を口にする。そうして無理にでも声を発したからか、続く言葉はきちんと発音することができた。

「電話っ、病院から。おじい様、熱が出てるって……緊急性はないと言われたが、それでもわざわざ連絡してくるものか？　もしかして、重篤な状態なのに誤魔化そうとしたのではないか。僕がしばらく顔を出さなかったから、征太郎のことばかり考えて浮かれていたから……罰《ばち》が当たって、おじい様が……っ」

「葵生さん！」

話しながら自ら創り出した混乱に陥ろうとする葵生を、征太郎が強く名前を呼ぶことで引き留める。

ピタリと口を噤んで征太郎を見上げると、ゆったりとした口調で「大丈夫」と、子供を宥《なだ》めるように言い聞かせてきた。

「大丈夫ですから、自分で追い込まないでください。おじい様は、病院ですか？」

「ん……中央病院……」

「わかりました。少しだけ待ってください」

それからの征太郎は、手早かった。

葵生が廊下に落とした電話の子機を拾い上げて、「よく使うタクシー会社はありますか」と尋ねてくる。

短縮に登録してあることを伝えると、躊躇う様子もなく電話をかけて配車を頼み、葵生に向き直った。

「出かける準備をしてください。携帯電話かスマートフォンをお持ちでしたら、それと……タクシー代くらいは俺の持ち合わせでなんとかなるかな。リッターがいるとはいえ、戸締りはきちんとしてお家《うち》を出ましょう」

一つずつゆっくりと言い聞かせられたから、少しずつ頭に思考力が戻ってくる。

こくこくとうなずくだけだった葵生は、征太郎の手をギュッと摑んで自室に誘導した。

「スマートフォン、取ってくる。車代は月末に纏めて引き落としになるから、現金は不要だ。戸締りはオートロックだから、鍵を持ち忘れないようにして出る」

「はい。では、葵生さんのお部屋の前までご一緒します」

子供のように征太郎の手を握ったまま廊下を歩き、扉の前で立ち止まった征太郎を残して自室に入る。

机の上の充電器からスマートフォンを取り上げたところで、その脇に飾ってあるフォトスタンドが目に入った。

七歳の葵生と、五歳の征太郎が、並んでカメラを見据えている。どちらも笑顔はなく、微笑《ほほえ》ましいとは言い難《がた》いツーショットだ。

でも、こちらを真っ直ぐ見ている征太郎の目が、葵生を力づけてくれる。

「……大丈夫」

征太郎が、一緒にいてくれるなら。

そう思えば、胸の奥から熱い塊が込み上げてくるみたいで……震えそうになる唇を噛んで踵を返すと、扉の前で待ってくれている十八歳の征太郎の元へ向かった。

「葵生？」

おざなりなノックをして、個室に飛び込んだ。

ココン、と。

「おじい様っ」

ベッドに上半身を起こしている祖父は、落ち着きなく入室した葵生に、珍しく呆気《あっけ》にとられたような顔をして……みるみる眉間へ深い縦皺を刻んだ。

別段変わったところのない姿だ。点滴が繋《つな》がっているわけでも、酸素を送るための呼吸器が装着されているわけでもない。

ここまでのタクシーの中で、征太郎の手を握って葵生が想像していたものは、なにひとつ祖父の周りに見当たらなかった。

あれ？　と目をしばたたかせた葵生に、入院患者とは思えないほど張りのある声で叱責《しっせき》が飛んできた。

「なんだ、騒々しい。今にも死にそうな重病人のように、みっともなく大騒ぎをするでない。馬鹿者が！」

「……すみませんでした。発熱されているという連絡を受けて、僕が早とちりをしたみたいです」

矍鑠《かくしゃく》とした祖父の様子に唖然《あぜん》と目を見開いた葵生は、なんとか謝罪を口にして……肩の力を抜いた。

祖父は……元気だ。

いや、入院しているからには、『元気』という表現は不適切かもしれないけれど、それ以外に言い表しようがない。

きっと今は、葵生のほうが血の気のない顔色をしているはずだ。

「まったく……おまえは。熱が出たと言っても、ただの軽い風邪《かぜ》だ。鼻水が止まれば治る。これくらいのことで、葵生には知らせるなと言っただろうに。わざわざ連絡をしたのは、誰だ？」

そう言いながら、葵生をここまで案内してくれた看護師をジロリと睨む祖父に、慌てて首を横に振って訴えた。

「それは……ご連絡くださった方も、悪気があってのことではありませんから。全部、僕が悪いのです。お叱《しか》りは、すべて僕に」

看護師を振り向いて、「ありがとう。もう結構です」と退室を促す。彼女は祖父と葵生に丁寧に頭を下げて、廊下へと出て行った。

これで、室内にいるのは、祖父と葵生と……。

「そこの坊主《ぼうず》は？　紹介しないか」

ベッドの上の祖父は、威厳ある声でそう言いながら、所在なさ気に立っている征太郎を視線で指す。

病室、という言葉からイメージする空間とは異なるせいだろうか。葵生の少し後ろにいる征太郎は、明るいフローリングの足元に視線を泳がせていた。

それでも、驚きや衝撃を声に出さずに上手く抑えているあたりは、なかなかの肝《きも》の据わり具合だと思う。

坊主、と。そんな言い回しで自分のことを言われているとはわかっていないらしく、顔を上げようともしない。

「征太郎」

「あっ、失礼しました」

葵生が名前を呼びかけると、ハッとしたように背筋を伸ばした。

ようやく、ベッドの上から自分を見ている祖父に気づいたらしい。表情を引き締めて、深く頭を下げる。

「高階征太郎です。初めまして。ご療養中のところに突然押しかけまして、大変失礼致しました」

「顔を上げろ。……少し距離があるな」

祖父が促すと、ゆっくりと下げていた頭を起こして祖父がいるベッドに歩み寄る。

葵生は、祖父と征太郎がどのようなやり取りをするのか、固唾《かたず》を呑《の》んで見守った。

「無様な姿ですまない。乗馬中に落馬して、足の指を一本折ってな。もういつでも退院できる状態だが、家に帰れば完治した気になって無理をするだろうと言われて、出してもらえん」

「いえ、とんでもありません。お大事になさってください」

みっともない格好だと、パジャマの胸元を指差した祖父に、征太郎は恐縮した様子で首を横に振る。二人とも、こんな状況で挨拶を交わすことになるとは思ってもいなかったはずだ。

「ずっと、お礼を伝えたいと思っていました。西園寺さんが奨学金を援助してくださったおかげで、俺、大学に進学することができました。卒業後に、少しずつでもお返しするつもりですが……四年間、甘えさせてください」

「そんなに畏《かしこ》まらなくてもいい。ずいぶんと優秀だと聞いている。将来有望な可能性の芽を、経済事情で摘むには、あまりにももったいないと思っただけだ。まぁ、これもなにかの縁だろう」

縁、か。

幼少の頃、祖父の仕事の話に同行した葵生が征太郎と出逢ったのも、心の片隅に残り続けた縁があったということなのだろうか。

……十年以上が経った今になって再会したのも、縁があったということなのだろうか。

そう葵生が考えたところで、祖父が目を細めて征太郎を見上げる。

「思っていた以上に立派な青年になった。成長しても意志の強そうな目はそのままで、安心した。征太郎、私たちはおまえが子供の頃に一度だけ逢っているのだよ」

祖父の口から出た言葉は、征太郎にとって想定外だったらしい。

大きく目を瞠《みは》った顔に、しっかりと『驚き』が現れている。

「それは……すみません。記憶にありません」

「本当に小さな子供だったからな。葵生から聞いていないか？　葵生と征太郎も、その時に逢っているだろう」

そんなふうに突然話を振られて、完全に傍観者のつもりだった葵生はビクッと肩を震わせた。

「葵生さんと……ですか？」

不思議そうにそう言った征太郎が、斜め後ろの葵生を振り返る。

目が合う寸前にスッと避けたことを、征太郎に勘づかれたかもしれない。

こちらに向かって足を踏み出そうとしていることがわかり、先手必勝とばかりに自分から歩み寄った。

「それではおじい様、僕たちはこれで失礼します。退院は、予定通り来週でよろしいんですか？　千堂《せんどう》のおばあ様から、誕生日パーティーの招待状をお預かりしていますが、家に帰れてからお返事をなさいますか？」

こうすれば、征太郎は自分になにも言えないだろう……とわかっているから、祖父に話しかける。

視界の隅に映る征太郎は、葵生の思惑通りに唇を引き結んでいた。

「うむ。退院の予定は変わっておらん。退院してから、各所に連絡をする。そのパーティーに関しても、合わせて話をすることにしよう」

「わかりました。騒ぎ立てまして、本当に申し訳ありませんでした。……行こう、征太郎」

征太郎の腕を摑んで促すと、祖父に向き直って深く頭を下げる。

「失礼します。改めて、ご挨拶させていただけたら嬉しいです」

「ああ。共に食事でも」

そう答えた祖父は、珍しく目尻が下がっている。

本当に、征太郎が気に入っているのだろう。こんなに柔らかな表情は、身内以外にはまず見せることがないものなのに……。

征太郎と一緒に個室を出ると、静かな廊下を歩く。

特別室が並ぶこのフロアは、一般病棟とは違って立ち入りが制限されているので、すれ違う人もいない。

あまりに静かなせいでなにも言えないのか、征太郎は疑問を抱えているはずなのに葵生に聞こうとはしない。

エレベーターに乗り込み、完全に二人だけの空間に身を置いて、ようやく「あの」と話しかけてこようとした。

「外で話すのは落ち着かない。とりあえず、家に帰る」

「……はい」

どう答えればいいのか、整理できていないのだ。

子供の頃に逢っていたという祖父の言葉を認めたら、どうして今まで黙っていたのだと尋ねてくるはずで……自分でもはっきりしないその理由を、征太郎に説明するのは容易ではない。

過去の出逢いをまったく憶えていない征太郎が、少し悲しかった。あの時のやり取りを話して聞かせて、それでも思い出してくれなかったら、ますます沈んだ気分になるだろうと……沈黙を選んだ。

征太郎は、自分より更に幼い子供だったのだと頭では納得していても、思い出を自分だけが大切にしているのだと落ち込み、勝手に拗《す》ねていたのだ。

あまりにも子供じみた自分が無様で、きちんと話して聞かせられる自信がない。

葵生が硬い表情で黙り込んでいるせいか、征太郎はそれきりなにも話そうとせず、病院前から乗り込んだタクシーの中でも奇妙な沈黙が重くのしかかってきた。

門扉の前で停まったタクシーから降りると、解放感に似たものがどっと押し寄せてきて大きく息を吐く。

征太郎と二人でいて、これほど気を張っていたのは初めてだ。

タクシーが走り去り、エンジン音が聞こえなくなった頃、「葵生さん」と、背後から低く名前を呼ばれた。

ジャケットのポケットから取り出そうとしていたカードケースを摑む指が、ピクリと震えてしまう。

「俺、本当に憶えていないんですが……子供の頃に逢ってますか？」

うやむやにするのではなく、疑問を解消しようとするあたり、いつも真っ直ぐな征太郎らしいと思う。

だから、無言で流すことはできなくて、小さく返す。

「おじい様の記憶違いでなければ、そうだな」

遠回しに肯定すると、悩んでいるらしい沈黙が伝わってくる。征太郎がどんな顔をしているのか、気になるけれど振り返れない。

手持ち無沙汰《ぶさた》を誤魔化すように、カードを翳《かざ》して通用門のロックを解いたのとほぼ同時に、すぐ近くに車が停車した。

視界の端に映るのは、鮮やかな赤。この目立つ車は、誰のものか……運転席から男が姿を現すまでもなく、知っている。

「葵生、征太郎！　どこか出かけるのか？　それとも、今帰ってきたところか？　どっちにしても、いいタイミング」

路肩に車を停めて運転席から降りてきた俊貴に、葵生は心の中で「最悪のタイミングだ」と零した。

祖父の入院は、身内にも内密にしている。余計な憶測を呼ぶことを避けるためだが、隠し事の得意ではない葵生は、病院から帰宅直後のこの状況で俊貴を誤魔化し切れるだろうか……と眉を顰めた。

「おーい、葵生ちゃん。こっち向くくらいしてくれよ」

いつもと同じ、軽い調子で名前を呼びかけられても反応することができない。

背を向けたまま、動きを止めている葵生を不審に思ったのか、足音が近づいてきて背後から肩を摑まれた。

「なんか、変だなぁ。葵生？」

強い力で肩を摑まれて強引に身体の向きを変えられそうになり、俊貴の手を振り払おうとした。

けれど、葵生が自力で逃れるより早く、長い腕が俊貴とのあいだに割り込んでくる。

「すみません、俊貴さん。葵生さん、少しお疲れで……休んでもらいたいので」

きっと、葵生が困惑していることを見て取り、庇おうとしてくれている。そんなふうに誰かを拒絶するのは苦手なくせに、葵生のために俊貴に対峙《たいじ》しているのだ。

目の前にある征太郎の背中を目に映すと、トクンと心臓が鼓動を速めるのを感じた。

ドキドキ……する。優しいだけではない……頼れる征太郎を、今日だけでいくつも知った。

不意に縋《すが》りつきたくなるような衝動が込み上げてきて、自分が着ているジャケットの袖口を摑むことでなんとか気を逸らした。

「格好いいな、征太郎。上手く育ってんなぁ。完全に葵生の計画通りか？」

なに？　俊貴は、なにを言おうとしている？

いつもと変わらない、茶化した軽い口調なのに……雰囲気が違う。

「……なんのことですか」

征太郎もそれを感じ取っているのか、硬い声で俊貴に聞き返した。

計画？　育つ？　そういえば、少し前にも似たようなことを言っていた。マイ・フェア・レディ……だと。

「あ」

記憶の底にすっかりと沈めていたものが、突如浮上した。

このところ、完全にと言ってもいいほど頭から抜け落ちていたことだ。

余計なことを言うな、と。征太郎の身体の脇から顔を覗かせて俊貴を睨み、牽制《けんせい》しようとした。

けれど、目が合ったはずの俊貴は葵生の目配せを無視して口を開く。

「マイ・フェア・レディ……プリティウーマンでもいいや。征太郎、どっちかの映画を知ってるか？」

知らないだろう、という推測が滲み出た問いかけだ。

葵生も、征太郎は知らないはず……ワケがわからないと答えてくれればいいと、祈るように答えを待つ。

そんな葵生の思いを知る由もない征太郎は、静かに口を開いた。

「両方、知っています」

葵生は無言で目を見開き、俊貴は「へぇ？」と声を上げる。

質問の意図を解していないだろう征太郎は、不思議そうに「あの、それが……？」と俊貴に聞き返した。

「ちょっと意外だな。まぁ、それなら話が早い。それのヒロインがおまえ、ってことだ。葵生が、田舎から出てきたばかりのダサい……素朴な少年をイケメンに変えられるか、ってな。賭《か》けは俺の負けかなぁ」

意図して、征太郎が気を悪くするような言い方を選んでいるとしか思えない。

自分を悪趣味な賭けの対象にされていた、と聞かされた征太郎は、いくら温厚な彼でも眉を顰めているに違いない。

足元に視線を落とした葵生は、征太郎がここを訪ねてきてすぐ……不本意ながら、俊貴と征太郎が鉢合わせしてしまった日の会話を思い出した。

帰ると言い置いた俊貴が出て行ってから、約十五分後。征太郎を門のところで見送り、家に戻ろうとしたところで目の前に赤い車が停まった。

顔を覗かせた俊貴を訝しく思い、「なんだ」と尋ねると、「土産《みやげ》の菓子に紙袋をつけ忘れていた」という、どうでもよさそうな一言が返ってきた。間違いなく、少しばかり強引な理由をこじつけて戻ってきたのだ。

そして、人の悪い笑みを浮かべて葵生に尋ねてきた。

——さっきの『征太郎』は、なんなんだ？　と。

嘘を答えることもできず、かといって逐一俊貴に語る義務もない。

仕方なく、『おじい様が奨学金を援助している学生だ。田舎から出てきたばかりらしい』と簡潔に言って聞かせると、俊貴は意外な反応を示した。

『それにしては、親しそうだったよな。お気に入りか？』

タチのよくない、葵生をからかおうとしている笑みを滲ませていることが見て取れたから、葵生は思わず『違う』と即答してしまった。

すると、俊貴はますます笑みを深くして続けた。

『まぁ、そうだよな。あんなダサい田舎者、葵生の隣に並ぶと美女と野獣って感じだ。ボサボサの髪を整えたら少しはましになった感じだけど、それにしてもなぁ……一緒にいるの、恥ずかしいだろ？』

『なに、言って……』

絶句したのは、征太郎を悪し様《あざま》に言われたことだけが理由ではない。俊貴は、昔から少し意地悪で、顔を合わせるたびに葵生をからかおうとする悪趣味なところがあって……苦手だった。

でも、他人を理不尽に貶《けな》す人間ではないと思っていたのに。こんな人間だったのか？　と、いつにない憤りが湧いてギュッと拳を握り締めた。

『征太郎は、ダサい田舎者などではない。自分をよく見せようと着飾ったりすることも、テーブルマナーなども、知らないだけだ。そういったものを学びさえすれば、俊貴より遙《はる》かにいい男になる』

憤りを抑えて、ポツポツと反論した葵生の顔を、俊貴は不快な笑みを消すことなく覗き込んできた。

　そして、こう続けたのだ。

『ふーん……じゃあ、変えられるか？　マイ・フェア・レディ……知ってるだろ？　あの映画みたいにさ、征太郎を貴公子に仕立て上げてみろよ』

『……そうしたら、ダサい田舎者という無礼極まりない発言を取り消して、謝罪するか？』

『ああ。約束する。俺とおまえの、賭けだ。負けたら潔く詫《わ》びるよ』

『その言葉、忘れるな』

　今から思えば、売り言葉に買い言葉というものだ。

　子供の頃から、からかわれてもそっぽを向いて聞き流す自分が、あんなふうに俊貴に言い返したのは初めてだった。

　全部、征太郎を引き合いに出されたから……。

　征太郎と一緒にいる時間は楽しくて、毎日があっという間に過ぎて行き……俊貴と交わした約束、賭けなど思い出しもしなかった。それなのに、わざわざ征太郎本人がいる前で言い出すなど、やはり意地が悪い。

　無言で俊貴の言葉を聞いていた征太郎が、どんな顔をしているのか、背中しか見えない葵生にはわからない。

　そう思ったところで、征太郎がゆっくりと身体を反転させて葵生に向かい合う。葵生は、反射的に足元に視線を落として目が合うことを避けた。

けれど……。

「葵生さん」

静かに名前を呼ばれ、無視することなどできずに恐る恐る顔を上げる。

目が合った征太郎は、これまで目にしたことのない不思議な表情で葵生を見下ろしていた。

怒っているのでもなく、悲しんでいるのでもなく……なにも感情が浮かんでいない。

こんな、空虚としか表現しようのない目をした征太郎は初めてで、心臓が激しく動悸を刻む。

……怖い。征太郎が、なにを思っているのかわからないことが……ものすごく怖い。

「征太郎……」

なにを言えばいいのかわからないのに、黙っていられなくて征太郎の名前をつぶやいた。

掠れた小さな声は、征太郎にまできちんと届かなかったかもしれない。

征太郎は、かすかに唇を震わせてなにか言いかけて……キュッと引き結ぶ。

肩がゆっくりと上下して、深呼吸をしたのがわかった。葵生からわずかに目を逸らし、ポツリと口にする。

「俺にいろいろ与えようとしてくれたのは、それが理由だったんですね」

自嘲《じちょう》するようなつぶやきと苦笑いは、いつも朗らかな征太郎に不似合いなものだった。

そうさせているのが自分なのだと思えば、胸の奥がギリギリと締めつけられているように痛くなる。

「……違う。征太郎」

そうではない。では、どう言えばいい？

上手く説明する方法がわからない。言いたいことはたくさんあるはずなのに、頭の中が真っ白だ。

無言で立ち尽くす葵生になにを思ったのか、征太郎はもう一度深く息をして、いつもと変わらない落ち着いた調子で口を開いた。

「葵生さん、お疲れですよね。俺、今日はこれで失礼します」

葵生と目を合わせることなく頭を下げ、律儀に俊貴にも会釈を残した征太郎は、それきりなにも言うことなく大股《おおまた》で駅に向かって歩いて行った。

葵生は、その背中が見えなくなるまで呆然と見送るしかできなくて……。

「葵生」

俊貴に名前を呼ばれたことで、ようやく頭を動かす。

すぐ傍にいる俊貴を見上げると、たった今夢から醒《さ》めたような不思議な心地で目をしばたたかせた。

「あ、俊貴……？」

俊貴が余計なことを言ったせいだ、と責めることはできなかった。俊貴の言う『賭け』に葵生が同意したのは、事実なのだ。

征太郎に、あんな顔をさせてしまった……。

「これ、車の中に忘れてあった……って、届けに来たんだ」

そう言いながら差し出されたのは、先日買い物をしたアンティークショップのパッケージだった。

そうだ。街の中で征太郎と乳児を抱いた女性を見かけて、理由のわからない衝撃を受けたまま自宅に戻り……俊貴の車の中に、置き忘れていたかもしれない。

「なんか俺、マズイこと言った？」

「……俊貴は関係ない」

征太郎が彼らしくない様子だったのが、誰かのせいだというのなら……俊貴ではなく、自分だ。

そう唇を噛み、通用門を開ける。

「わざわざ持ってこさせて、すまなかった」

用事が済んだなら帰れ……と態度で示して、俊貴に背中を向ける。

葵生が全身で拒絶していることが伝わったのか、俊貴はその場から動くことなく「いいえ。これくらいはお安い御用」と笑みを含んだ声で返してくる。

庭に入って門を閉めると、同じ位置から話しかけてきた。

「負けを認めるよ。謝罪は、おまえと征太郎……どっちにしたらいい？」

「……不要だ」

短く一言だけ答えて、屋敷に向かった。玄関前に辿り着いたところで、ようやく車のエンジンをかけた音が聞こえてくる。

門を振り向くことなく玄関内に入り、扉を閉めて……座り込んだ。

足元に落とした視界に、毛むくじゃらの脚が映る。

「リッター……ごめん。征太郎、もう……来ないかも」

顎の下に鼻先を押しつけられて、ギュッと首に手を回す。

あんなふうに表情を失《な》くした征太郎は、初めて見た。自分を賭けの対象にされていたなどと聞かされれば、当然だろう。

そういえば、少し前……征太郎と乳児連れの女性を街で見かけた時も、こうしてリッターに慰めてもらった。

あの時は、自分が衝撃を受けていることが不可解で、『何故か』を自覚していなかった。

でも……征太郎がもう来てくれない、これまでの関係が崩れてしまったと絶望的な気分になっている今は、その理由がわかる。

「征太郎は……僕の特別だった。一緒にいると、楽しくて胸の中があたたかくて……あんな

ふうになったのは、征太郎だけだ。欲しいものはなんでもあげたくて、でも……それより、僕が征太郎に傍にいてほしかった。僕のほうが、征太郎に望んでいた」

リッターは、ジッと抱かれたまま葵生の泣き言を聞いてくれている。

征太郎に向ける想いがどんな名前なのか、知らない。名前など、どうでもいい。

ただ……なにもかも、自ら壊してしまったことだけは確かだった。

「お礼も、きちんと言えなかった」

狼狽える葵生を、祖父のところに連れて行ってくれたのに……一言、「ありがとう」と言えばよかった。

結局、葵生は征太郎に『欲しいものをあげたい』と言いながら、征太郎から目には見えないあたたかなものをもらってばかりだった。

「僕は、大馬鹿だ」

胸の真ん中に、ぽっかりと大きな穴が空いたみたいで……リッターのぬくもりでも、埋まりそうになかった。

《葵生・四》

征太郎は、もう来ないかもしれない。

そう覚悟していた葵生だが、征太郎は予想もしていなかった行動に出た。

翌日の夜、食事を終えたリッターの食器を洗っていた時にインターホンが鳴ったのだ。予定外の訪問者を訝しみながらモニターを覗くと、そこに映っていたのは間違いなく征太郎で、慌てて門のロックを解除した。

玄関の鍵を開けてドキドキしながら待っていると、大きな紙袋をいくつも抱えた征太郎が姿を現した。

喜んで駆け寄ったリッターの頭を撫でて、廊下に立つ葵生をナラリと見上げる。

「夜に突然お邪魔して、すみません」

「夜って言っても、まだ七時だ。アルバイトは？」

「コンビニエンスストアでのシフトが、三時から六時まででしたから、もう終わりました」

なんだろう。普通に話しているつもりなのに、どこかよそよそしい空気が漂っているみたいだ。

征太郎が、葵生と目を合わせようとしないせいだろうか。

「……上がらないのか？」

玄関先で立ったまま話すのではなく、応接室に……とスリッパを視線で指した葵生に、征太郎は「いえ」と首を横に振った。

「こちらを、お返しに来ただけです」

「返し……って」

大きな紙袋が三つと、靴の箱が透けて見えるビニールの袋が二つ。それがなにか、説明されるまでもない。

頬を強張らせた葵生が差し出されたものをジッと見据えていると、征太郎は小さく息をついて腕を下ろした。

「失礼ですが、ここに置いて行きます」

廊下の端に紙袋を置かれて、ようやくぼんやりとしていてはダメだと我に返った。

このままでは、用事を済ませた征太郎は玄関を出て行く。そして……今度こそ、もう来ないつもりに違いない。

「待て。返されても、困るだけだ。僕が使うことは不可能だし、返品もできない」

違う。こんなことが言いたいわけではない。もっと他に、言うべきことがあるはずなのに……どうして、思い浮かばないのだろう。

焦燥感ばかりが込み上げて来て、もどかしくて堪《たま》らない。

そうして、葵生が自分に対する苛立《いらだ》ちを抱えていることは、顔を見ようとしない征太郎にはわからないのだろう。

踵を返そうとしていた足の動きを止めて、

「そう……ですね」

と、ポツリと零す。

ひとまず、引き留めることには成功したようだ。でも、次は、どう言えばいい？

葵生が惑いながら言葉を探しているあいだに、先に征太郎が言うべきことを見つけてしまったらしい。

「では、代金をきちんと請求してください。無償でいただく理由がありませんから」

そう硬い声で言いながら、紙袋を指差す。

やはり、目を合わせようとしてくれない。淡々とした声からは葵生に対する明確な線引きを感じて、一気に心細さが襲ってきた。

「嫌だ。僕が、征太郎にあげたいと思ったものだ」

途方に暮れた声で言い返す。子供が駄々を捏《こ》ねるように「嫌だ」と繰り返した葵生に、征太郎はようやく顔を上げた。

目が合い……硬い表情をしていた征太郎が、わずかに眉を顰めた。

どんなものでも、表情を変えてくれてホッとする。空虚な無表情は、征太郎に一番似合わない。

葵生がそう考えたところで、征太郎が口を開いた。

「どうして……そんな顔をするんですか。俺が、葵生さんを悲しませている……？」

悲しい？　今の自分は、どんな顔をしているのだろう。

わからない。わからないのに……征太郎が苦しそうだから、「どうして」に答えた。

「征太郎が、僕から離れようとするから。やはり僕は、征太郎になにもあげられないのか」

「俺は、最初からなにも欲しくないと言っていたはずです。でも……葵生さんが嬉しそうだから、それならいいかと……思っていました。それが、俊貴さんを楽しませるためだったのでしたら、俺はご協力できません」

葵生は、予想もしていなかった征太郎の言葉に驚いて、目をしばたたかせた。

俊貴を楽しませるため？　そんなこと、葵生は一度も考えなかった。

「違う。僕は、征太郎のために」

「俺のためでしたら、もっといただけません」

いつになく強い口調で拒絶され、グッと口を噤んだ。

征太郎は、なにに対して怒っている？　俊貴に「賭けをしていた」と聞かされたせいではないのだろうか。

二人で馬鹿にしていたのかと責められれば、違うと……言い訳ができる。でも、今の征太郎の言葉からは、そんなことではないと伝わってくる。

わからない。もどかしい。どうして自分は……征太郎の心情を、わかってあげられないのだろう。

今まで、誰かを知りたいとか、わかりたいと思ったことなどない。でも、征太郎のことだけは知りたい。

自分が一人で考えてもわからないのなら、教えてほしい。

「征太郎……」

「っ、すみません。葵生さんに、そんな顔で名前を呼ばれたら、俺……自分がなにをしでかすかわからないので、失礼します」

そんな顔？　どんな顔をしているのかなんて、知らない。

ただ、征太郎を呼んだ自分の声が、今にも泣き出しそうな情けないものだったことだけは確かだ。

そして、このままでは征太郎が出て行ってしまう……もう、こんなふうに向き合ってくれなくなるということも。

「嫌だ！」

一言発した直後、なにをどうするべきか頭で考えるより先に足が動いた。

室内履きのまま廊下から飛び下りて征太郎に駆け寄ると、両手でギュッと抱きついて、「嫌だ」と繰り返す。

「葵生さんっ？」

征太郎が驚いているのはわかっていたけれど、頭を左右に振って必死でその身体にしがみついた。

「征太郎は、欲しくないと言ってばかりだ。征太郎が欲しがってくれるなら、どんなものでもあげるのに。なにも欲しくないと拒んでばかりで、与えさせてくれなくて……僕から離れようとする」

欲しいものを与えて、だから傍にいてくれと望む自分は、浅ましいとわかっている。

でも、それで征太郎が一緒にいてくれるのなら、どんなものでもあげたかった。征太郎は、なにひとつ葵生に望んでくれないけれど……。

子供の癇癪《かんしゃく》のような、八つ当たりじみた言動だ。なにも言わない征太郎は、きっと困っている。

それでも、しがみついた手から力を抜くことができない。

「……俺はもう、なにも欲しくないわけではありません。葵生さんが、どんなものでもあげるとか言ってはダメです」

落ち着いた静かな声が頭上から落ちてきて、グッと奥歯を噛んだ。

葵生だけが混乱して必死になって、征太郎は冷静だ。どんなに縋っても無意味なのだと、思い知らされる。

「……征太郎が欲しいものは、ひとつだけだろう。自力で、手に入れる……」

それは、葵生が与えられるものではない。

街の中で見かけた、女性と乳児を思い浮かべて……しがみついていた腕の力を抜いた。うつむいた顔を上げられずにいると、征太郎がポツンと口にする。

「それが、欲深いことに……ひとつではなくなったみたいです」

征太郎と欲深いという言葉は、対極にあると言ってもいい。

他の言葉を聞き誤ったのではないかと、不可解な心地でゆっくり顔を上げて、征太郎と目を合わせた。

どうして征太郎は、苦しそうな顔で葵生を見下ろしているのだろう。

「なにが……欲しい？」

もし聞き違いでなければ、今なら征太郎が欲しいものを聞くことができる。

恐る恐る尋ねた葵生に、征太郎はますます苦しそうな顔になって……瞼《まぶた》を伏せ、諦めたように息をついた。

「葵生さん」

「…………？」

「葵生さんが欲しいと言えば、くれるんですか?」

征太郎の目が、食い入るように葵生を見据えている。

その言葉の意味を理解するのには、数分の時間が必要だった。

葵生が欲しい?　言葉のままの意味だと思って、いいのだろうか。真摯《しんし》な光を湛《たた》えた征太郎の瞳が、真っ直ぐに葵生を見ていて……。

次の瞬間、葵生の口から出たのは短い一言だった。

「ダメだ」

葵生をジッと凝視していた征太郎は、じわりと目を見開いて手を伸ばしてくる。両肩を包み込むようにして摑まれ、視線を逃がした。

「どうしてですか。なんでもくれると言いましたよね」

「どうして……?　そんなの、聞くまでもないだろう」

征太郎が欲しがっていたものを、葵生はどうしてもあげられないのに……どうしてと尋ねるのか。

「やっぱり、迂闊《うかつ》になんでもあげるなんて言ってはいけなかったんですよ。俺みたいな馬鹿が、勘違いして調子に乗る」

「違うっ。征太郎が本当に欲しいのなら、こんなものいくらでも差し出す。でも、僕は……征太郎が一番欲しがっていた家族になれない。あげられない」

自分の言葉に落ち込んで、しょんぼりと肩を落とす。その肩に置かれている征太郎の手に、グッと力が込められた。

突き放される……と覚悟していたのに、次の瞬間葵生の身に起きたのは覚悟とは正反対のことだった。

なに？　肩や胸元が、あたたかい。征太郎の腕の中に……抱き込まれている？

「葵生さんがくれると言ってくださるなら、俺は欲しいものをすべてもらえます。葵生さんがいて、リッターがいて……もうすぐ、おじい様も退院なさいますね。そんな輪に俺を入れていただけたら、夢みたいだ」

「ワケが、わからない……。だって、僕は、街の中で一緒にいた女性や子供みたいに……『普通の家族』をあげられない」

「女性や子供？　あー……それはたぶん、同じ施設にいた幼馴染みですね。就職で俺より二年早く上京して、職場で知り合った方と結婚しているのですが……俺がこちらにいることを知って、久々に逢おうと連絡を受けました。『普通の家族』に見えましたか？」

「ああ」

乳児を連れた女性との関係はわかったけれど、それよりも葵生の胸に引っかかっていたのは『普通の家族』の理想形を目にしたことだったのだ。征太郎が欲しいものがあの形なら、やはり自分ではダメだろう。

征太郎に抱き込まれた腕の中は心地よくて、苦しいくらいドキドキするのに……拒まなければならない。

「葵生さん。『普通の家族』って、なんですか？　俺は確かに家族が欲しいと言いましたが、それが葵生さんやリッターじゃダメだと、どうして思うんですか？」

そっと胸元から引き離されて、両手で頬を包み込まれる。

逃げられないよう、顔を上げさせられた状態で視線を絡ませた征太郎に静かに尋ねられ、返答に迷った。

「奥さんがいて、子供がいて……征太郎。それが、『普通の家族』ではないのか？」

「確かに、それは一般的かもしれませんが……俺は、葵生さんの言う『普通の家族』が欲しいとは言っていませんよね？」

「そ……う、かも」

思い起こせば、征太郎は、間違いなく家族が欲しいと言った。そうだ。ただ、『家族が欲しい』とだけ……で、どのような家族かとは口にしていない。

「俺が、児童福祉施設で育ったことはお話ししましたよね。だから俺は、『普通の家族』を知らない。こういう形でなければ家族とは呼べない、という定義は初めから持ち合わせていないんです」

目の前で、パチンと光が弾《はじ》けたみたいだった。

葵生は、物心つく前に両親を亡くしている。商談に出かけた先の海外で、小型飛行機の事故によって……と祖父から聞いている。

環境は征太郎とまったく違うが、『普通の家族』を知らずに育ったのは、葵生も同じだ。

だからこそ、『両親と子供』のいる状態が家族と呼ぶものなのだと思っていたけれど……征太郎は、葵生より遙かに柔軟で広い視野を持っていた。

「僕は、征太郎の欲しいものになれる？」

「先ほどから、そうお伝えしているつもりですが……」

少しだけ弱った顔を見せた征太郎に、葵生は胸の奥が熱いものでいっぱいになるのを感じた。

自分では、征太郎の欲しいものを絶対にあげられないと思っていた。でも、もし征太郎の望みを叶《かな》えられるなら……なんて幸せなのだろう。

「なにが欲しい？」

征太郎を見上げて、改めて確認する。

真っ直ぐに目を合わせた征太郎は、迷うことなくハッキリと答えた。

「……葵生さんが、欲しいです」

「うん。全部あげる。征太郎の欲しいものを、やっとあげることができる」

嬉しくて、自然にふわりと笑みが零れた。葵生を見詰めていた征太郎は、眉間に縦皺を刻んでどこかが苦しいような顔をする。

「征太郎？」

苦しくて、痛くて、今にも泣き出すのではないかと不安になり、小さく名前を呼びかけた。

その直後、強く両腕で抱き締められる。

「すみません。葵生さん……」

「どうして、謝る？　すみませんではなく、もっと、欲しがれ」

征太郎の背中を抱き返すと、言葉もなく更に強く抱き締められた。

少しだけ苦しくて、でもその腕の強さが欲しがってくれている証拠のようで、唇に微笑を浮かべて征太郎の胸元に顔を埋めた。


「リッター……すまないが、今日は僕が征太郎を独り占めだ。明日、遊んでもらえ」

自分たちの後について部屋に入ろうとしたリッターを振り向き、頭を撫でて言い含める。

するとリッターは、仕方なさそうな顔で立ち止まってお座りをした。

もう一度その頭を撫でると、締め出すことを心の中で謝りながら扉を閉める。

「なに突っ立っている？」

振り向くと、征太郎は部屋に一歩入ったところで立ち竦《すく》んでいた。葵生が肩を並べても、動こうとしない。

「葵生さんの部屋にお邪魔するのは、初めてで……なんだか緊張します」

そうか。征太郎はいつも応接室に通していたので、自室に招き入れたのは初めてだ。

そんなことを再認識した途端、トクンと心臓が大きく脈打つ。一度意識してしまうと、加速度をつけて鼓動が速くなるのを感じた。

「征太郎が自分の部屋にいて、僕が緊張していないと思うか?」

「……でしたら、同じですね」

クスリと笑った征太郎の肩から、力が抜けるのがわかった。

腕が触れ合いそうな距離の近さに、ドキドキする。征太郎がこの部屋にいるなど、想像したこともなかった。

そっと指を絡みつかされ、ピクリと腕を震わせる。

「葵生さん、指先が冷たくなっている。……無理をさせたいわけではないので」

今はやめよう、と。征太郎の口から聞かされる前に、キッと睨み上げた。

征太郎は、ここで立ち止まって、引くことができるのだろうか。

「征太郎の欲しいは、その程度なのか? もっと、僕を欲しがれ。どうすれば、もっともっと……欲しがってくれる?」

もどかしい。どうしたら、葵生のことなど気遣えないくらい征太郎に欲しがってもらえるのだろう。

征太郎に、自分の望みだけで欲しがられたい。ようやく欲しいと言ってもらえたものを、なにもかもあげたい。

いつも理性的で落ち着いている征太郎を、他のことなど考えられないくらい、自分だけでいっぱいにしたい……。

焦燥感に突き動かされた葵生は、ギュッと征太郎の指を握り返して爪先立《つまさき》ちになり……唇を触れ合わせた。

「っ！　葵……生、さん」

目を瞠って驚いた様子の征太郎に、もう一度唇を重ねようとしたところで、背中を強く引き寄せられる。

「ぁ……」

唇が触れ合い、軽く歯が当たって肩を震わせる。反射的に離れかけた直後、舌先で唇を舐められて顎の力を抜いた。

今度は、歯がぶつかることなく舌が口腔《こうこう》内に潜り込んでくる。

「ッ、ン……ン！」

こんなふうに舌を絡みつかせる深いキスなど、葵生にとって映画や小説の中の出来事だ。

未知の感触に少しだけ怯《ひる》んだけれど、これは征太郎だ……と思っただけで呆気なく身体の力が抜けた。

「っは……、征、太郎」

「すみません、俺、なんか抑えがきかな……っ。葵生さんに怖がられたら、やめられると思っていましたが……無理っぽいです」

唇を離した征太郎は、熱っぽい目で葵生を見ながら「すみません」と苦しそうな顔をする。

自然と手を伸ばした葵生は、征太郎の前髪に触れてその目を覗き込んだ。

「何故そんなに謝る？　怖くないから、やめるな。全部あげると、言っただろう。でも……」

身体中を渦巻く自分の衝動も、熱い眼差しで見据えてくる征太郎の衝動も、なんとなくわかる。

ただ、具体的にどうすればこの熱を鎮めることができるのかは知らない。征太郎も知らないのなら、どうすればいいのか……不安が込み上げてきた。

「どうするのか、征太郎はわかっているのか？」

気が急くばかりで、葵生はこの熱をどこに逃がせばいいのかわからないのだ。

見上げて尋ねた葵生に、征太郎は少しだけ気まずそうに首を縦に振る。

「それは……はい。俺、全寮制の中高一貫校にいたとお話ししましたか？　一応は共学でしたが、寮が男女別だったのはもちろん校舎も男女別で五百メートルくらい離れたところにあって、ほとんど男子校だったんです。その、いろいろ知識も耳に入りますし……同性でつき合っている生徒もいましたので、経験はなくてもだいたいわかります」

「そう……か。よかった」

耳に意識を集中させて、懸命に征太郎の言葉に耳を傾けていた葵生は、「わかる」という一言にホッと肩の力を抜いた。

葵生を見下ろす征太郎は、不思議そうに尋ねてくる。

「よかった、ですか？」

「ああ。知らない同士だと、どうにもならないだろう。征太郎が知っているのなら、よかった。全部、任せられる」

だから、よかった。

唇を綻《ほころ》ばせて答えると、征太郎はグッと眉間に縦皺を刻んで顔を背けた。

「っ……葵生さん。ダメです。そんなふうに綺麗な顔で笑われたら、俺……なんていうか制御不能に陥りそうです」

「いいと言っている。顔を背けるな。日を逸らされるのは……淋しい」

征太郎の頭を両手で挟み込み、自分に向けさせる。いつになく険しい表情の征太郎は、おずおずと葵生と日を合わせて大きく肩を上下させた。

「俺は……リッターみたいな騎士《きし》にはなれませんね。リッターは欲深く欲しがったりせず、ただ一途に葵生さんを想っている」

「僕が、欲しがられたいと望んでいる」

葵生は、薄っすらと自嘲の笑みを浮かべた征太郎と真っ直ぐに視線を絡ませて、ハッキリと言い切った。

征太郎は、子供のように唇を引き結んで言葉もなくうなずき……両腕で葵生を抱き寄せた。

「欲しい。葵生さん」

「うん」

背中側からシャツを捲《まく》り上げられて、大きな手が素肌《すはだ》に触れてくる。熱い手のひらが嬉しくて、ゾクゾクと悪寒に似たものが背筋を這《は》い上がった。

つい身体を捩ってしまったけれど、嫌がっているのではないと伝えたくて、葵生も征太郎の真似をしてシャツの内側に手を滑り込ませる。

素肌が……あたたかい。気持ちいい。征太郎も葵生に触れて、同じようにぬくもりを感じてくれている？

「征太郎に触るの、気持ちいいな。征太郎も、同じか？」

「……同じです。たぶん、葵生さんより、もっと嬉しい」

頭のすぐ脇で掠れた声が答えて、腰を引き寄せられる。下肢が密着したことで、互いの昂《たかぶ》りがハッキリ感じられ、熱い吐息をついた。

こんな衝動や欲望が自分にあるなど、知らなかった。葵生の初めてを引き出すのは、いつも征太郎だ。

知らない自分は少し怖いのに、征太郎に与えられるもの……征太郎だけに曝《さら》け出すのなら、それでもいいと身体を預ける。

ますます強く腰を抱き寄せられ、膝が震えて……下肢から力が抜けそうになった。

「ぁ、征太郎……ッ、ん……ゃ、ダメだ。立っていられなく、な……る」

ギュッと背中に縋りついて訴えると、征太郎の手がビクッと止まった。ダメと口走ってしまったせいで引いてしまうかと、慌てて発言を撤回しようとした瞬間、ふわりと足の裏が床から浮く。

「あっ」

なに？　征太郎に、抱き上げられている？

戸惑って身体を強張らせる葵生の耳に、征太郎の声が流れ込んできた。

「性急なことをして、すみません。ベッドに……いいですか」

「……うん。連れていけ」

移動を提案されて、やめようと言われなかったことに安堵する。征太郎の首に腕を回して促すと、「はい」と短く返ってきて抱え直された。

葵生を抱いていても、征太郎は足をふらつかせることなく真っ直ぐにベッドへ向かい、そっと下ろされる。

「征太郎。離れると寒い」

ベッドの脇に立っている征太郎を見上げて、両腕を伸ばす。軽く頭を揺らした征太郎は、ベッドに膝をついて乗り上がってきた。

唇を重ね合わせ、舌先を触れさせながら互いの着ているものを剝《は》ぎ取っていく。

早く、早く……触れたい。触れられたい。

ボタンを外し切っていないシャツを、彼らしくない少し強引な仕草で頭から引き抜かれ、征太郎も同じくらい急いているのだと伝わってきて嬉しかった。

「あ、征太郎……まだ」

指に上手く力が入らなくて、葵生は征太郎のシャツを脱がしきっていないのに、ベッドに背中をつけさせられる。

見下ろしてくる征太郎に訴えたら、「じゃあ、お願いします」と笑って自分に任せてくれると思っていたのに……征太郎は、笑みを見せることなく首を横に振った。

「このままでいいです。待てない」

葵生を見下ろす目は、いつになく鋭いものだ。普段の、年齢不相応なほどの余裕を感じられない。

「っ、ズル……い」

征太郎は思うままにしているのに、葵生の思うようにさせてくれない。

そう非難しても、征太郎は下肢《かし》に伸ばしてきた手を引いてくれなかった。

「葵生さんを、全部くれるといいました。後で存分にお叱りを受けます。でも、すみません……今は俺の好きにさせてもらいます」

「ア！　ッん……ぅ」

一方的に宣言した征太郎は、身を捩《よじ》る葵生を無視して下着とパンツを纏めて引き下ろして足首から抜くと、遠慮を手放して触れてくる。

こんなふうに、誰かに……征太郎に素肌を触れられるなど、考えたこともなかった。なのに、それが自然なことのように思えるのが不思議だ。

「っ、ん……っ、ぁ」

好きにする、という言葉が聞けるのは嬉しい。でも、征太郎の手に翻弄されて息を乱す自分が恥ずかしい。

吐息も肌も全身が熱くて、心臓の鼓動が荒れ狂って、頭の中がぐちゃぐちゃになって……なにもかもわからなくなる。

「あっ、そ……れ、……ッ」

双丘の狭間にスルリと指を潜り込まされて、グッと息を詰める。葵生が身を竦ませたせいか、征太郎はピタリと手を止めた。

「……あの、ハンドクリームとかでいいんで、なにかありますか？」

「ん、机……一番上の引き出しに、リップオイルなら」

ぼんやりとした頭で、尋ねられたことに答える。征太郎を見上げると、葵生と目が合う前に顔を背けて身体を起こした。

「それ、いただきます」

短く口にして、ベッドサイドの机を探っている音がする。目的のものはすぐに見つけられたらしく、ベッドが少し揺れて視界に征太郎が戻ってきた。

腿の内側を撫で下ろされ、ビクッと脚を震わせて征太郎を見上げた。

「な、に？　どう……っ！」

言葉を不自然に途切れさせてしまったのは、ぬめりを纏った指が後孔に押しつけられたせいだ。

声もなく戸惑っているうちに、ゆっくりと長い指が潜り込んでくる。滑りのいい指はすんなりと根元まで挿入されて、身を以って征太郎の行動の意味を知った。

「すみません。ビックリさせて。でも、怪我……させるから。葵生さんのこと、絶対に傷つけたくない」

「あ、謝るな……っ」

身体の奥、粘膜を指で押し開かれる未知の感覚は、快か不快か問われれば、決して心地いいものではない。

でも……ぬめりを足しながら抜き差しされる長い指が征太郎のものだと思うだけで、際限なく身体の奥から熱が湧き上がってくる。

指が……増えて、粘膜を押し開く。

その目的は、脚のところで感じる征太郎の熱を埋めるため……？　と頭に過った瞬間、ゾクッと背筋を悪寒に似たものが這い上がった。

「せいたろ……征太郎、僕、変……だ。ぁ、あ……っ」

身体中が、ざわざわ騒いでいるみたいだ。

指では足りない。もっと……もっとと、征太郎を求めている。

ギュッと膝を閉じて、腿のあいだにある征太郎の腕を挟み込んでも、これではダメだと頭のどこかで貪欲な声がする。

「変じゃないです。葵生さんは、いつも綺麗だ。本当に俺のものにしていいのか……っ」

ギリギリのところで躊躇いを見せる征太郎に、葵生はカッと頭に血が上るのを感じた。

力の入らない手をなんとか伸ばして、征太郎の脚のあいだに押しつける。熱を帯びた屹立に指を絡ませると、征太郎はビクッと身体を震わせて息を呑んだ。

「バカ。往生際が、悪い。こんな状態、で……僕を放っておく気か？　おまえも、僕も、同じものを望んでいるのに……？」

「本当に、あなたは……ッ、ごめんなさい」

「だから、何故……っ！」

謝るな、と言いかけた言葉が喉の奥に詰まった。屹立に触れていた葵生の手を振り払った征太郎が、膝を割り開き、身体を重ねてくる。

「ン、あ……っ！」

指……とは比較にならない熱量が、どっと押し寄せてきた。

これまで身に感じたことのない衝撃に、目の前がチカチカとハレーションを起こしているみたいで……全身を強張らせて強く拳を握り締める。

熱い。熱くて……熱くて、身体の内側から焼き尽くされそうで……怖いのに、縋りつく相手は征太郎しかいない。

「ッ、く……う、……ん」

ギュッと目を閉じた葵生は、両手で汗の浮かぶ背中にしがみつき、バラバラに散りそうになる意識を必死で繋ぎ止める。

熱の源は、すべて征太郎だ。全部、零さず受け止めたい。

「すみません、葵生さん。……っ、葵生さん」

ドクドクと耳の奥に響く、自分の激しい動悸しか聞こえない……と思っていたのに、征太郎の声がスルリと流れ込んでくる。

固く閉じていた瞼を押し開くと、白く滲む視界に映る征太郎は、今にも泣きそうな顔をしていた。

「泣き、そう……だ」

「泣いているのは、葵生さんです。痛い……苦しいですよね」

潤んだ目で見下ろしてくる征太郎に、なんとか唇の端を吊《つ》り上げて見せる。

そんなことはないと、嘘はつけない。

今まで感じたことのない苦痛に襲われているのは確かで、でも……それ以上に、心があたたかいものでいっぱいになっていた。

「嬉し……。やっと、征太郎の欲しいもの、あげられた……か？」

「十分すぎます。葵生さん。……幸せすぎて、泣きそ……」

名前を呼んだ征太郎が、上半身を倒して顔を寄せてくる。

苦しさが増したけれど、密着する面積が増えて……キスが心地よかったから、離れないように熱い背中を抱き寄せた。

身体も、心も、なにもかもが満たされると感じたのは初めてで……目を閉じると、頬にぬるい雫《しずく》がポツンと落ちてくる。

やはり、征太郎のほうが泣きそうだったのではないか……と、後で文句を言ってやろうと思いながら、背中を抱く手に力を込めた。

□□□

……あたたかい。ピッタリと寄り添うぬくもりが、気持ちいい。

夢現《ゆめうつつ》の、ふわふわとした心地いい微睡《まどろ》みに漂っていた葵生だったが、

「バイト、早朝シフトッ！」

ベッドが揺れて、焦った響きの低い声が耳に飛び込んできたことで完全に覚醒した。

薄く開いた目に、窓から差し込む早朝のぼんやりとした光を感じる。

視界に映るのは、広い背中……赤い線のように走っている引っ掻き傷の犯人は、自分に違いない。

「今、何時ですか。えっと、時計……は」

「そ……こ。スマートフォン……」

「あ、ちょっと失礼します」

ゆっくり腕を上げた葵生が、ベッド脇にある机の上を指差すと、大きな背中が動いてスマートフォンを手に取るのがわかった。

「うわ、五時半。……六時にコンビニに行くには……ええと、ここからだと」

……征太郎の声、だ。

コンビニ、ということは……朝のアルバイトがあるのか。

さっきまで、ピッタリ密着していた征太郎が身体を起こしたら、寒い……と、小さく肩を震わせる。

ジッと見ている葵生の視線を感じたのか、征太郎が今更ながら、慌てたように声をかけてきた。

「あっ、葵生さん。おはようございます。……無理をさせて、すみません。顔色が……よくない」

「ん……もう少し、寝る。征太郎は、征太郎の思うようにしろ」

本当は、一緒にいてほしい。でも、我儘を言って征太郎を困らせてはいけない。

そう思い、ベッドの上でごそごそ動いて背を向ける。

征太郎の顔を見ていたら、「ここにいろ」と言ってしまいそうになるから……。

「葵生さん。すみません、電話……お借りしてもいいですか？」

「うん。そのスマートフォンを使えばいい。使い方は、わかるか？」

「はい、たぶん。友人のものを、触らせてもらうことはありますので」

アルバイト先に、遅刻の連絡をするのだろう。今すぐ、急いでここを出ても、少しだけ六時を過ぎるはずだ。

聞くつもりはなくても、すぐ傍にいるので征太郎の声は耳に入る。

「おはようございます。高階です。大変申し訳ないのですが、どうしても具合が悪くて動けそうになくて……はい。すみません。明日には……はい。失礼します」

「……え？」

ゆっくりと身体の向きを変えて、征太郎を見上げる。ちょうど葵生を見下ろしたところだった征太郎と、視線が絡んだ。

葵生を見下ろした征太郎は、スマートフォンを机の上に戻して苦笑を浮かべる。

「初めて、ずる休みしました」

「……いいのか？」

ずる休み。征太郎に似合わない言葉だ。

もしかして、葵生の顔に「ここにいろ」と書いてあったせいでは……。

見上げる目に不安が滲んでいたのか、征太郎は指先でそっと額にかかる葵生の前髪を払った。

「この状態の葵生さんを置いて、アルバイトになんか行けません。一番大事なのは、葵生さんです。と言いながら……俺が、こんなふうにしたのですが」

「僕が望んだだろう？」

一緒にいられることが嬉しくて、微笑を浮かべて征太郎に手を伸ばす。

求めることを察したらしい、背中を屈めた征太郎が唇を寄せてくる。目の前に影が落ち、吐息が唇を撫で……やんわりとした口づけを、瞼を伏せて受け止めた。

「あ」

軽く触れただけの唇が離れて行ったと同時に、ピクリと瞼を震わせて目を開いた。

征太郎が、首を傾《かし》げて尋ねてくる。

「ん……なにかありますか？」

「リッターの食事と、散歩」

朝の散歩と、食事の世話をしなければならない。

自分たちは、喉が渇けば冷蔵庫から水を取り出して飲むことができるし、空腹を感じたらパンを齧《かじ》ることもできる。

でも、リッターは葵生の手を待つしかないのだ。主《あるじ》を名乗るからには、不自由のない生活をさせてやる責任がある。

葵生の言葉に、征太郎は少しだけ考えて……自分を指差した。

「……俺が代理でも、リッターは許してくれるでしょうか。昨日から葵生さんを独り占めしていますし、怒られるかもしれませんね」

「怒らない。リッターは征太郎が好きだから、歓迎すると思う」

「葵生さんは？」

不意に尋ねられて、日をしばたたかせた。

リッターは、征太郎が好き。それに続く葵生は？　という問いは、なにを指しての質問なのか明白だ。

「……征太郎が先に言え」

朝の光の中ではなんとなく気恥ずかしくて、そう時間稼ぎを図ったのに、征太郎は思うほど葵生に猶予《ゆうよ》を与えてくれなかった。

「好きです、葵生さん」

迷う様子もなく、即座に返されてグッと奥歯を嚙む。

これでは……自分だけ黙っているわけにはいかないではないか。

「僕……も。好きだ、征太郎」

小さく口にすると、再び唇が重ねられる。

征太郎の背中に手を回そうとして……耳に入ったカリカリというかすかな音に、瞼を震わせた。

抱きつこうとしていた手の用途を、軽く叩くことに変えて、征太郎に「待て」を告げる。

「ん……ん、リッターが、呼びに来た」

扉の下部を遠慮がちに引っ掻いていることが、征太郎にもわかったのだろう。スッと身体を起こして、シャツに袖を通しながら葵生を見下ろしてきた。

「では、少し行ってきます。敷地外の散歩コースは、次の機会に教えてください。今日は、ひとまず庭を一緒に走るのでもいいですか？」

「うん。キッチンのストッカーに、ドライフードがある。食事の量は、ストッカー脇のカップに一杯。水はたっぷりと」

「わかりました」

ベッド脇で服を整えた征太郎を、葵生はベッドに転がったまま見上げて、未練がましく声をかける。

「散歩と食事が終わったら、征太郎とリッター……二人で一緒に戻ってきてくれ」

「はい」

これ以上征太郎を引き留めたら、葵生がリッターに怒られそうだ。

そう思い、今度こそ征太郎を呼び止めることなく背中を見送った。

全身が重い。少しだけ休もう。征太郎とリッターがここに来たら、身体を起こして迎えられるように……。

征太郎が欲しいと言ってくれた、団欒《だんらん》の一つの形だ。

「あの写真、気がついた……かな」

スマートフォンのすぐ傍にあるフォトスタンドを、征太郎は目にしただろうか。

七歳の葵生と五歳の征太郎が並んで立ち、二人とも少し不機嫌そうにこちらを見ている写真を……。

戻ってきたら、その話もしなければ……と唇に微笑を滲ませて、瞼を伏せた。

《エピローグ》

「おじい様。こちらにかけていてください。車椅子《くるまいす》や松葉杖《まつばづえ》は不要だとお断りになったそうですね。このような細い杖だけで、本当に大丈夫ですか？」

西園寺氏と一緒にいる葵生を見るのは、好きだ。

いつも綺麗で可愛《かわい》い人だけれど、祖父である西園寺氏の前だと少しだけ幼くなり……普段に輪をかけて、愛らしくなる。

「大袈裟《おおげさ》なものなどいらん。必要以上に病院に留め置かれたんだ。しっかり治っておる」

杖を手にした西園寺氏は、居間のどっしりとしたソファに腰を下ろして、不機嫌そうな顔で葵生に答えた。

「では、私はお茶の用意をしてまいります。ご主人と葵生さんは紅茶で、征太郎さんはコーヒー……俊貴さんも、コーヒーでよろしいですか？」

西園寺氏の退院に合わせて呼び戻したという家政婦の女性は、少し前に「初めまして」と挨拶《あいさつ》をしたばかりの征太郎にまで、丁寧に接してくれて……居心地が悪い。

「あの、俺のことはお構いなく」

壁際に立って気を遣わないでほしいし訴えると、葵生に腕を掴まれてソファの脇へと引っ張られた。

「征太郎は正式な客人だ。遠慮するなら、俊貴のほうだろう。呼んでいないはずだが」

そう言いながら、西園寺氏に続いてその斜め前に腰かけた俊貴をジロリと睨みつける。

いつの間にか、自然と輪に加わっていた俊貴は、苦笑を浮かべて葵生に言い返した。

「冷たいなぁ、葵生ちゃん。おじい様のお元気な顔を拝見したいと思って悪いのか。……退院まで黙っているなんて、水臭いよなぁ」

「おじい様の指示だ。苦情は、おじい様に言え」

そう矛先を変えられると、なにも言えなくなったらしく……口を噤む。

征太郎から見れば無敵の俊貴も、西園寺氏には敵わないらしい。

頬を緩ませそうになったところで、西園寺氏に「征太郎」と名前を呼ばれて、背筋を伸ばした。

「葵生から子供の頃の話を聞いたか」

「はい。その時の写真を見せていただいて……少しだけ思い出しました」

葵生に見せてもらった写真を思い浮かべながら、西園寺氏に答えた。

状況はハッキリ憶えていないが、自分に一生懸命話しかけてくれたお兄さんと、意地を張ってイラナイと言い続けた自分のことは、薄っすらと記憶に残っていた。

あの頃の征太郎は、可哀想《かわいそう》な子として扱われる自分が嫌で、なんでも持っているから分け与えようとする葵生が眩しくて……僻《ひが》んでいたのだろう。

自分の周りにいた子供たちは、与えられることを喜んで可能な限り取り込もうとするタイプと、憐《あわ》れむ目に敏感ですべてを拒絶しようとするタイプに分かれる。

五歳の征太郎は、波のような浮き沈みを繰り返して、やがて上手く折り合いをつけ……幼いなりに自分の境遇を受け入れようとする最中だったのだ。

八つ当たりをしたようなものなのに、葵生は不機嫌になるでもなく、懸命にただ「欲しいもの」を聞き出そうとした。

「奨学金の援助は、心から感謝しています。必ずお返ししますので」

「返済は不要だ。それより、卒業後に葵生の傍で支えてくれたほうがありがたいのだが。無論、強制ではない。将来の選択肢の一つとして考えてくれればいい」

征太郎が頭を下げると、葵生の傍で……と言いながら視線を葵生に向ける。その視線を受けた葵生は、征太郎の腕を摑んだまま西園寺氏に言い返した。

「征太郎は、信頼できる将来のパートナーだと思っています。僕にとって、この先、征太郎以上の存在は現れないと言い切れます」

「あ……俺も、葵生さんのお傍にずっといさせていただきたいと思っています。強制だなんて、とんでもないです。俺のほうが、お願いをしなければならなくて……一生かけて、大切にします」

緊張のあまり、震えそうになる手を握り締めて再び西園寺氏に頭を下げる。

すると、先ほどよりも和らいだ声が返ってきた。

「ふむ……葵生は、よき参謀《さんぼう》を得たようだな。これで、心残りなくあの世に行けるというものだ」

「なにを仰《おつしや》るんですか。おじい様にはまだまだご健在でいていただかないと困ります」

「明日にでも、とは言うておらん。また現世の未練がある。……叱られ足りん者もいるようだし、今後征太郎を鍛えるのも楽しみだ」

「……どうして、俺を見るんです。叱られるのは、あまり嬉しくないのですが」

俊貴がぼやくと、西園寺氏は無言で意味深な笑みを浮かべる。なるほど、西園寺氏に敵わないわけだ。

「お待たせしました。どうぞ」

トレイに四つのカップを並べた家政婦が戻ってきて、テーブルに色の違う飲み物が入ったカップを置いて行く。

ティーカップを手にした西園寺氏が、征太郎と葵生をジロリと見上げた。

「葵生、征太郎。いつまでも突っ立っておらんで座らないか」

「はい、失礼します」

テーブルを挟んだ向かい側のソファに、葵生と並んで腰を下ろす。それを待っていたかのように、リッターが自分たちの足元に伏せた。

「リッターも気を許す……か。征太郎、葵生を頼むぞ」

「はいっ、もちろんです」

迷わず大きくうなずいた征太郎は、ふと視線を感じて顔を斜め前に向ける。

俊貴は……どうして、なんとなく奇妙な笑みを浮かべているのだろう。なにか、変なことを言っただろうか。

「少し疲れた。中座してすまないが、休むことにしよう」

「はい、お部屋の準備はできておりますから、こちらに……」

「僕も付き添います」

ティーカップを置いた西園寺氏がソファを立とうとすると、家政婦と葵生が両側から支えた。

征太郎も反射的に立ち上がったけれど、葵生に「三人もいらない。征太郎は大きいから邪魔だ」と言われてしまい、居間を出て行く三人を見送るしかできなくなる。

三人の姿が見えなくなってから、ストンとソファに座り直した。

すると、二人きりになるのを待っていたかのように俊貴が話しかけてくる。

「征太郎さぁ……さっきの、プロポーズだろう。ジイサンには通じてなかったけど」

「言われてみれば、そう……かもしれません。そのつもりではありませんでしたが」

傍にいる、一生かけて大切にする、という言葉が生涯を共にしてほしいという懇願だとしたら、俊貴の言葉を否定できない。

うなずくと、俊貴は奇妙な笑みを浮かべたまま特大のため息をついた。

「おまえなぁ、全部素直に吸収するなよ。たまには打ち返してこい」

「打ち返す……ですか？」

俊貴に言い返すことなど……と首を捻った瞬間、機会があれば聞こうと思っていたものがふっと頭に甦《よみがえ》った。

「俊貴さん、あの日……わざと露悪的な言い方をしましたよね」

俊貴は、あの日とはなんだと聞き返すことなく、無言で苦笑いを浮かべる。

その顔で、やはりあれは意図的な挑発だったのだと確信した。

病院からの帰り、門のところで顔を合わせた時……征太郎を田舎者だとかダサいと口にして、悪人のように振る舞っていた。

あれが俊貴の本性だ、とは征太郎は思えなかったのだ。

「……あれで征太郎が怒るようなら、見込み違い……付け入る隙《すき》もあるかと思ったんだけどな。おまえ、やっぱり器がデカいわ。イイ男だよ」

諦めたような、少しだけ淋しそうな笑みでそう口にした俊貴は……もしかして。

色恋沙汰に関して鈍感だという自覚のある征太郎だが、同じ感情を同じ人に向けているから、俊貴の苦笑いの意味がわかったのかもしれない。

「俊貴さん、葵生さんのこと……」

「おっと、やめてくれ。葵生は可愛げのないハトコ……幼馴染みだ。子供の頃からずっと、俺が、どんなにからかったり意地悪なことをして気を引こうとしても、知らん顔で興味のなさそうな目で見るばかりで……打つ手がなかったんだけどなぁ。正攻法が一番、だったんだな。おまえら、皮肉じゃなくお似合いだよ。……征太郎でないとダメだ。葵生の傍に、いてやってくれ」

俊貴は、征太郎の「もしかして」を最後まで言わせてくれずに、自嘲の笑みを浮かべて一気に口にする。

だから征太郎は、これ以上の追及はやめようと唇を引き結んだ。葵生の傍にいることを許された自分が言える言葉は、なにもない。

沈黙は、一、二分ほどだっただろうか。

ふと、俊貴がいつも通りの調子で話しかけてきた。

「で、おまえらやってんの？　あんまり想像がつかないけど」

「なにを……ですか？」

唐突な質問の意味がわからなくて、征太郎は怪訝《けげん》な顔をしているはずだ。目の合った俊貴は、ニヤリと人の悪い笑みを浮かべてとんでもない一言を言い放った。

「鈍感め。セックスだよ」

「ッ……」

「あはは、真っ赤だぞ。さすがに、そのものズバリの言葉だとわかるか。葵生をメロメロにするテクニック、教えてやろうか」

「………」

絶句した征太郎を遠慮なく笑った俊貴は、からかってやろう……という魂胆を隠そうともせずに言葉を続ける。

辞退するべき提案を、即座に突っぱねることができなかったのは、ほんの少し……心が揺らいだせいだ。

俊貴は征太郎に生じた迷いを見事に見抜き、集中攻撃を仕かけてくる。

「あれ、いらねーって言わないのか。そうだよなぁ。男なら、好きな子をよくしたいって思うよなぁ。おまえ、下手そうだし。実地が一番手っ取り早いから、今度ベッドに俺を混ぜろよ」

楽しそうにしゃべり続けていた俊貴のとんでもない申し出を、今度こそ首を横に振って拒絶した。

「それでしたら、結構です。自力で学習します」

「どうやって？　誰か、手練《てだ》れのオネーサン……オニーサンにご教示願うか？　でも、葵生が許すかなぁ」

生き生きと征太郎をからかっていた俊貴の言葉に、戸口から葵生の声が答える。

「……許すわけがないだろう。征太郎は征太郎でいい」

わかりやすく不機嫌な顔をした葵生が、大股で室内に入ってきた。征太郎の隣に腰を下ろして、俊貴を威嚇《いかく》するように睨んでいる。

「あ、葵生さん。そんなこと、しませんよ。俊貴さんをベッドに同伴させるとか、絶対に嫌ですし」

自分の口で否定していなかった、と気づいた征太郎は、慌てて俊貴の提案はなにひとつ受け入れないと伝える。

チラリと征太郎を見上げた葵生は、征太郎の肩に頭を預けてきた。

「当たり前だ。俊貴、余計な世話をしなくていい」

「ちっ、残念」

舌打ちをした俊貴は、寄り添う葵生と征太郎をマジマジと眺めて……ふっと息をつく。

ソファから立ち上がり、脱いでいた上着を腕に引っかけて「帰るかな」と戸口に向かいかけた。

その足を止めて、なにを言うかと思えば……。

「ま、その気になったらいつでも言ってくれ。おもしろ……可愛いハトコと征太郎のためなら、いつでも一肌脱いでやる」

「不要だ。おとなしく帰れ」

葵生に睨まれて、「ははっ」と楽しそうに笑いながら出て行った。

どこからどこまで本気なのか、冗談なのか……わからないのが怖い。

「征太郎」

「あ、はい」

葵生に呼びかけられて、慌てて視線を隣に向ける。葵生は真っ直ぐに征太郎と目を合わせて、口を開いた。

「さっき……おじい様に言った言葉は、本当か？」

「もちろんです。ずっと……一生傍にいて、大切にします。お役に立てるよう、更に勉学にも励みます」

西園寺氏や俊貴に言われて気がついたけれど、公私ともにパートナーであれば、ずっと寄り添うことも不自然ではないと思う。

葵生の傍で、生涯をかけて支えていられるなら……どれほど幸せだろう。

「征太郎も、僕も、二人とも欲しいものを手に入れられるんだな」

「そうですね。互いに欲しいものを与えられる……幸せな関係です」

一方的に、与えるのではなく。欲しがるだけでもなく。

与えたいものも、欲しいものも同じで、双方の願いを叶え合うことができるなど、この上ない幸せだ。

「そうか。僕が、征太郎の欲しいものなら……いつでも、ずっとあげられる」

なにより、この笑顔をもらえるのであれば、どんなことでもしよう……と、胸の奥に湧く甘い疼《うず》きに唇を噛み締めて、葵生の肩を抱き寄せた。

あとがき

こんにちは、または初めまして。真崎ひかると申します。『欲しいものはひとつだけ』をお手に取ってくださり、ありがとうございました！

なんだか、色々とふわんふわんふわんしているコンビになってしまいました。途中でちょっぴり、この人たち無事にくっつく……ラブなシーンに突入できるのだろうか？　と不安になったりもしましたが、一応なんとかなってホッとしました（笑）。

イラストを描いてくださった陵クミコ先生、男前な征太郎と美人な葵生をありがとうございました！　二人とも、いろいろ可愛いです。久し振りにご一緒できて嬉しかったです。

担当H様。今回も、とってもお世話になりました。三方向に向いたプロットを出して、どこを目指せばいいのか悩ませてしまってすみません。そして、行き着いた先は当初案のどれでもないという……。手のかかる人間ですが、いつも巧みに誘導してくださって感謝です。

ここまでお目を通してくださり、ありがとうございました！　ほんの少しでも楽しんでいただけると幸いです。こちらが、今年最後の文庫となります。二〇一七年もおつき合いしていただけると、すごくすごく嬉しいです！　よろしくお願いいたします。

二〇一六年　冬はお酒入りチョコが豊富で楽しいです

真崎ひかる

✦初出　欲しいものはひとつだけ……………書き下ろし

真崎ひかる先生、陵クミコ先生へのお便り、本作品に関するご意見、ご感想などは
〒151-0051 東京都渋谷区千駄ヶ谷 4-9-7
幻冬舎コミックス　ルチル文庫「欲しいものはひとつだけ」係まで。

幻冬舎ルチル文庫

欲しいものはひとつだけ

2016年12月20日　第1刷発行

✦著者　真崎ひかる　まさき ひかる

✦発行人　石原正康

✦発行元　株式会社 幻冬舎コミックス
〒151-0051 東京都渋谷区千駄ヶ谷 4-9-7
電話 03(5411)6431［編集］

✦発売元　株式会社 幻冬舎
〒151-0051 東京都渋谷区千駄ヶ谷 4-9-7
電話 03(5411)6222［営業］
振替 00120-8-767643

✦印刷・製本所　中央精版印刷株式会社

✦検印廃止

ISBN978-4-344-83879-6　C0193　Printed in Japan